O PASSEIO DE DENDIARA

ANA BELTRAME

O PASSEIO DE DENDIARA

1ª reimpressão

teMa EDITORIAL

2021, 1ª reimp.

Coordenação editorial: Beth Cataldo
Preparação: Mariana Lozzi
Revisão e preparação final: Michel Gannam
Projeto gráfico e capa: Sérgio Luz
Mapas: Fernando Pires Pinto
Foto da autora: Ponto Photo/Fabiano Peres Rolando

Dados Internacionais de Catalogação na Publicação (CIP)

B453p Beltrame, Ana

O passeio de Dendiara / Ana Beltrame. – Brasília: Tema Editorial, 2020.
192 p. : il. ; 21 cm.

ISBN: 978-65-89210-00-9

1. Diplomacia. 2. Amazônia. 3. Crianças – condições sociais. 4. Brasil / Guiana Francesa. I. Título.

2020-001

CDU 362.748 (81/44)
CDD 305.2309811

Ficha catalográfica elaborada por Camila de Souza
Bibliotecária – CRB – 3300 - 1ª Região

MISTO
Papel proveniente de fontes responsáveis
FSC® C092828

Tema Editorial Ltda.
SCN Quadra 4, Bloco B, sala 1201 – Brasília/DF – CEP 70714-900
www.temaeditorial.com.br

Em memória de

Victor e Eunice Benincá Beltrame,

meus pais.

Agradecimentos

*À Sonia Maria Feitosa Brito,
pela paciência e carinho.*

*A Gutemberg Vilhena Silva,
pelas longas conversas sobre
tantos assuntos.*

SUMÁRIO

PREFÁCIO

A Amazônia não tem limites

Izabella Teixeira

Estava em casa quando Ana, de Toronto, me enviou uma mensagem. Cuidadosa com os amigos, ela queria saber se todos em casa estavam bem por conta da pandemia da covid-19. Contou, também, que tinha acabado de escrever um livro e gostaria que eu o lesse. Tratava-se de uma história situada no período em que ela foi cônsul-geral do Brasil na Guiana Francesa. No final da mensagem, emendou o desejo que eu pudesse escrever o prefácio do livro. A conversa terminou com uma resposta rápida: "Claro, manda o texto". Começava ali mais uma aventura pela Amazônia. Agora, pelos olhos e vivências de uma amiga, por quem tenho profunda admiração profissional e bem querer.

Assim, fui informada da existência de *O passeio de Dendiara*. Ana é uma boa contadora de histórias. Antes de ler os escritos, confesso que fiquei intrigada com o seu conteúdo. O que seria revelado da Amazônia pelos olhos da diplomata gaúcha? Algo em particular do lado francês da floresta? Afinal, trata-se da maior fronteira terrestre da França, como o livro esclarece. Não conheço a Amazônia francesa. Aliás, não conheço a Amazônia, embora tenha perdido a conta das vezes que fui até lá. O Brasil não conhece a Amazônia, que nos coloca no mundo e que nos tira dele em tempos atuais. Por sinal, o mundo também não a conhece. Mas sabe da sua importância e da sua diversidade, ou, pelo menos, tenta saber.

Ao contar a história relatada por Dendiara – ou Dendy, como os franceses chamam a pequena brasileira –, Ana nos revela uma Amazônia real, cujas fronteiras políticas definidas pelos homens têm a realidade imposta pela natureza. Uma Amazônia que não se encerra no Hemisfério Sul e com rios que acabam no Atlântico Norte. Uma região com florestas fechadas e com seus povos e suas comunidades tradicionais conhecedores da natureza que a traduz, que a revela. Para os de fora, "isso aí embaixo é um inferno", quando o piloto do helicóptero explica a floresta do Tumucumaque e sintetiza que o lugar é dos bichos: "Não é para nós".

O livro começa com a visão da exuberância da natureza e com o medo que o desconhecido impõe. Não deixa de informar o processo histórico de ocupação e das relações do Estado francês com essa região do seu território nacional. De maneira simples, o leitor é apresentado à trajetória da Guiana Francesa e aos processos de migrações. Notadamente, a obra explica a chegada dos brasileiros, na década de 1970, e os impactos decorrentes. Mostra uma parte da França em plena Amazônia equatorial e descreve o trabalho da autora como cônsul-geral e a sua vida aprazível em Caiena.

Até que entra em cena Dendy e sua história. A descrição das personagens é fruto dos traços detalhistas, com uma ironia sofisticada da autora. São reais, visíveis e absolutamente pertencentes ao imaginário de qualquer um que tenha visto filme ou lido sobre a Amazônia. Franceses, brasileiros, indígenas, ribeirinhos, quilombolas, migrantes e esquecidos, estão todos presentes. E, para sabermos quem é a menina, somos apresentados à dura realidade dos garimpos clandestinos no interior da floresta. Vetor de degradação ambiental, de marginalização política e de exclusão social, mesmo proibido em território francês, o garimpo ilegal é levado por brasileiros à Guiana com todas suas agruras e seus desatinos.

Dendy é parte desse mundo ilegal, violento, que vive do medo e de sonhos. Mesmo em condições tão áridas e conhecidas por todos nós que nos envolvemos com a Amazônia, a realidade vai além da violência sofrida por uma criança e da infância roubada. É evidente a sua fragilidade. A menina brasileira que gosta de chocolate e que não se lembra das suas origens, mas que não esconde a afeição pela madrinha, provocou em mim uma torcida por um final feliz. Também é verdade ser impossível, como mulher, não ter simpatia e até certa cumplicidade com as mulheres que surgem pontuando as várias fases da história.

As personagens são fascinantes, exatamente por revelarem a vida como ela é. A clandestinidade do garimpo e a vida na fronteira, tendo o domínio da floresta como o limite entre a vida e a morte, traduzem o contexto da narrativa, marcada pelas indagações sobre quem é Dendy, quais suas origens e se ela teria um lugar para voltar. Inicia-se, então, um processo investigativo liderado pela cônsul-geral e com o apoio de uma invejável rede informal de inteligência. Confesso que me fez lembrar dos artifícios que usávamos no Instituto Brasileiro do Meio Ambiente e dos Recursos Naturais Renováveis (Ibama) para combater o desmatamento ilegal na Amazônia brasileira. E, assim, revela-se o pleno exercício da nossa diplomacia para defender os interesses dos brasileiros em terras estrangeiras, com paciência investigativa, determinação e humor que marcam a convivência com a cônsul-geral.

Tudo é contado em detalhes. Há passagens únicas, como a contratação do pajé Petalacinho para descobrir de onde Dendy veio ou do encontro com a macapaense Dona Nadália, da boa cepa Tucuju, ou ainda com Laura, recém-formada em Ciências Sociais, que traz Foucault para as bandas do Oiapoque ("ao problematizar as inconsistências aparentes de uma sociedade)". Aliás, a conversa entre Ana e Laura numa catraia lotada acaba por fazer a cônsul constatar que a Amazônia sempre faz revelar o impensável. Se voltarmos no tempo, quando da decisão da Academia Francesa de Ciências de mandar duas expedições para verificar a verdadeira forma da Terra – Lapônia e Equador –, pode-se constatar o papel de Voltaire para fazer o jovem Charles-Marie de La Condamine aceitar a missão para a América do Sul. A Amazônia não tem limites.

Não sabia que seria capturada por Dendy e Ana de tantas maneiras. Podemos saber dos enredos depois de tantos anos trabalhando com meio ambiente no Brasil, mas cada um tem a sua história. E ela se conecta com a gente de várias maneiras. Ao contar da cobra-papagaio, voltei no tempo com a minha mãe falando dessa serpente terrível. Para quem tem medo de cobra, todas são, não? Mamãe tinha pavor, e, portanto, todo fato experimentado por algum amigo com esse réptil merecia ser contado. E lá fui eu exposta ao caso de um agente da Polícia Federal que tinha escapado da tal papagaio. Toda vez que eu ia para a Amazônia, em alguma viagem de campo ou em missões de fiscalização pelo Ibama, a voz dela me acompanhava, mandando ter cuidado com as cobras, em particular com a tal papagaio: "Olhe sempre para cima, menina!"

Numa história de duras realidades, o livro tem momentos divertidos e únicos. Ri muito com o almoço no Putanic e me emocionei com o recado de Silverona para a "dona Conça" e a presidente Dilma. Uma conquista, um exemplo do exercício de diplomacia numa margem de rio no Oiapoque. Também tem momentos da dureza do que é viver sob ameaça, sob o medo da violência, do território "com dono". A dimensão da violência e da maldade são irreveláveis. Dendy deixa claro que é melhor não saber como um tal de seu Bico controlava os seus domínios: "A senhora não vai querer saber, embaixadora".

Como diplomata e gaúcha, Ana dá um jeito de trazer o Barão do Rio Branco e o Internacional para o texto. Capitu, a única personagem que conheço, também dá o ar de sua graça. Contada a partir da Guiana Francesa, mas sob a perspectiva de uma brasileira que conhece o mundo, a história de Dendy merece ser narrada, lida e repetida por todos nós. Não deve ser esquecida. Essa menina revela um Brasil real e muito presente, mesmo para aqueles que não vivem na Amazônia.

A maneira como Ana nos apresenta a história torna fácil ler o livro. Mas não é nada fácil conhecer o o enredo dessa personagem tão próxima da realidade. Confesso que li de uma vez só. Não quis parar. Dendy não me deixou parar. Trata-se de um livro que não deve terminar. Pelo contrário. Revela que temos muito que ouvir das pessoas e dos povos que habitam a Amazônia na sua extensão, na sua diversidade. Saber ouvir é um processo transformador. Se queremos ter um país mais justo, de fato desenvolvido, menos desigual, com inclusão política e em paz, é bom prestarmos mais atenção nas histórias da Amazônia, nas histórias dos Brasis. Amazônia, Amazônia, abra as asas sobre nós!

Izabella Teixeira é bióloga, com Ph.D. em Planejamento Ambiental. Foi ministra do Meio Ambiente (2010-2016) e recebeu o Prêmio Global de Meio Ambiente da ONU. Em 2017, foi eleita copresidente do Painel de Recursos Naturais da UNEP.

Sempre em primeiro lugar

Diariamente, dezenas de cônsules, vice-cônsules e cônsules honorários, em mais de uma centena de embaixadas e consulados do Brasil espalhados pelo mundo, deixam seus escritórios e saem para onde for preciso, a fim de prestar assistência aos brasileiros em dificuldade no exterior.

Os funcionários consulares vão a qualquer lugar onde haja um brasileiro em situação de risco: desde cadeias, tribunais, detenções imigratórias em aeroportos, hospitais, clínicas, terminais aeroportuários, universidades, fábricas, sindicatos e até a própria casa do cidadão, se ele não puder sair ou se não houver ambulância que o transporte.

Esses servidores não abandonam os brasileiros nunca e, para bem assisti-los, frequentam parlatórios de cadeias, balcões de delegacias, corredores de hospitais, gabinetes de promotores e de juízes, audiências judiciais de instrução e de sentença, instituições de saúde mental e entidades de assistência a drogados e a vítimas de violência ou roubo e furto no exterior.

Acompanham os brasileiros e informam os familiares, no Brasil, em quaisquer horas do dia ou da noite, independentemente do fuso horário. Transformam-se em conselheiros sentimentais, assistentes jurídicos, tradutores e em peritos em questões de câmbio, de imigração, em trâmites aeroportuários, regulamentos de bolsas de estudo, hotelaria, bancos e transporte público. Acordam cedo, chegam em casa tarde e passam inúmeros fins de semana sem descanso e sem o convívio dos familiares. Não reclamam. Frequentam necrotérios, crematórios e cemitérios também.

O transporte internacional de um corpo é muito caro, pois são requeridos a preparação especial e o acondicionamento dos despojos mortais em caixão pesado. Muitas famílias não têm condições de pagar e, para dar-lhes conforto, os funcionários consulares organizam o sepultamento do ente querido na própria cidade onde faleceu, ou a cremação e a remessa das cinzas para o Brasil. Se a família pede, buscam padre ou pastor que ofereça os últimos ritos. O funcionário consular estará lá, à beira da sepultura ou na capela do crematório, garantindo que o ato final se desenrole com a dignidade que foi prometida aos familiares, no Brasil.

Para os funcionários da Rede Consular, o cidadão brasileiro está sempre em primeiro lugar. Nem morto o brasileiro perde a prioridade.

Foi assim que estive pessoalmente envolvida em várias atividades de assistência consular, nos diversos consulados onde servi. De todas, o caso de Dendiara foi, sem dúvida, o mais emblemático e o que me marcou mais fundo.

Na verdade, trata-se de uma história de ficção, escrita a partir de vários casos reais de crianças brasileiras exploradas em garimpos na Amazônia, tanto no Brasil quanto na Guiana Francesa. Juntei os casos diversos, alterei nomes e localizações – até para proteger a identidade dos menores e dos funcionários consulares que tentam ajudá-los – e transformei a realidade dos abusos contra meninas e meninos em uma única história, que leva o nome de Dendiara, ou Dendy, como ficou conhecida no hospital.

O relato é ficcional, mas está fundado na mais dura realidade. Nunca esquecerei a assistência consular que meus colaboradores no Consulado e eu mesma prestamos a tantos brasileirinhos, tão parecidos com Dendiara.

Por isso, escrevi este livro, que aqui fica como homenagem aos funcionários do Quadro do Serviço Exterior e aos contratados locais da Rede Consular brasileira, bem como aos funcionários, do quadro ou de outra origem, do Departamento Consular do Itamaraty, em Brasília, de suas divisões e coordenações.

Toronto, agosto de 2020.

CAPÍTULO 1

Na barreira de Bélizon

Vou contar a história que Dendiara me contou, tal como ouvi dela, aos poucos, dia após dia, a cada vez que a visitava no hospital em Caiena, capital da Guiana Francesa.

É preciso dizer que fui cônsul-geral do Brasil na Guiana Francesa durante cinco anos, de 2008 a 2013. Morei em Caiena todos esses anos e foi lá que conheci Dendy, o nome com que me foi apresentada. Os passeios que fiz com ela foram a minha experiência mais intensa, a mais inesquecível e, certamente, aquela cuja história sempre me pareceu indispensável contar. No fundo, o caso dela é semelhante ao de muitas meninas brasileiras, com suas infâncias submersas nos garimpos da floresta amazônica.

Poucas pessoas se dão conta, mas o Brasil e a França compartilham uma fronteira terrestre que é, justamente, a do Amapá com a Guiana Francesa, no extremo norte do país. A Guiana Francesa equivale, mais ou menos, ao tamanho de Portugal. Tem cerca de oitenta mil quilômetros quadrados de território, desde o Rio Oiapoque até o Rio Maroni, onde faz fronteira com o Suriname, a antiga Guiana Holandesa.

Nossa fronteira com a França começa bem ao norte, dentro da floresta, no que é hoje o Parque Nacional das Montanhas do Tumucumaque. É a região de floresta mais inóspita, fechada e impraticável de toda a Amazônia brasileira, e, talvez, uma das mais impenetráveis selvas do mundo. Uma densa mata, que se estende pelas encostas rochosas das montanhas e se transforma em um gigantesco e compacto bloco de árvores, arbustos, cipós, pedras, raízes e espinheiros, por onde é difícil caminhar.

No chão, as raízes, como garras, afundam-se nas rochas, que se partem em falsos degraus, desvãos e lascas afiadas. Para o alto, as árvores do Tumucumaque formam três camadas de copas. A primeira é a das árvores menores, que estendem seus galhos a dois ou três metros do chão. Depois, vem o dossel de folhas das árvores médias, de oito a doze metros de altura. Finalmente, as árvores altas, que ostentam mais de doze metros e formam o terceiro e último estrato vegetal.

Embaixo da tripla cobertura, a umidade e o calor drenam as forças do viajante ao primeiro esforço. Sabe-se que é dia pela claridade do Sol, filtrado entre as folhas das árvores, mas é impossível dizer se é manhã ou tarde. À noite, a mata é um breu. Costuma-se afirmar que é possível entrar no Tumucumaque. Sair, quase impossível. Só consegue quem tem como guias alguns dos índios, como os Aparai e os Wayana, que habitam a área.

– Isto aí, embaixo – disse o major que copilotava o helicóptero –, é um inferno.

E continuou mostrando, com um gesto amplo, a floresta que brilhava ao Sol:

– Se você pisar num buraco, tem cobra dentro. Se apoia a mão na árvore, têm escorpião, aranha, o diabo, tudo venenoso. Se vai beber água, tem jacaré no rio. Piranha, candiru. Se vai dormir, o mosquito não deixa. Se deixar, é a onça passando perto.

E concluiu:

– O Tumucumaque é dos bichos. Não é pra nós.

Pelo topo dessas montanhas, das mais hostis e inacessíveis do mundo, passa a linha imaginária da fronteira do Brasil, primeiro, com o Suriname e, depois, com a Guiana Francesa. A linha imaginária é materializada, no chão, por sete marcos de cimento que, de tempos em tempos, as Comissões Demarcadoras de Limites, com técnicos brasileiros e franceses, fazem uma vistoria, para ver se os marcos não caíram ou para limpar o mato crescido ao redor. E também para implantar os chamados "marcos de adensamento", que são pequenas pilastras de cimento, colocadas entre os marcos principais.

Em geral, a viagem é feita de helicóptero, com o apoio dos exércitos brasileiro e francês. Onde é possível, o piloto aterrissa e onde não dá os integrantes das Comissões Demarcadoras têm que saltar do helicóptero, que, muitas vezes, ainda está em movimento. Arriscar uma caminhada pela terrível floresta do Tumucumaque só quando não há opção. De qualquer forma, é uma aventura e tanto.

A linha divisória terrestre entre o Brasil e a França corre, então, pelas montanhas do Tumucumaque, até encontrar, no sopé das montanhas e no local onde está implantado o sétimo e último marco de cimento, a nascente do Rio Keriniutu. Era lá que eu estava numa manhã de Sol, quase sem vento. O helicóptero que me levava para um sobrevoo de reconhecimento prosseguia em sua rota, e o major explicava a geografia aos nossos pés:

– Aquele rio, lá embaixo – ele disse, apontando, pela escotilha do helicóptero, para um fio de prata que serpenteava pelas colinas verdes –, é o Keriniutu. As nascentes dele surgem nas últimas encostas do Tumucumaque. No final do platô, o rio, praticamente, brota das pedras.

O major era engenheiro e gostava de detalhes:

– Depois dos marcos de cimento no topo das montanhas, a linha de fronteira continua pelo Rio Keriniutu – explicou-me ele –, até desaguar no Oiapoque, e depois no mar.

– O senhor já esteve aí embaixo?

Perguntei, olhando a floresta que se estendia até onde a vista podia alcançar.

– Já visitei vários marcos de fronteira, mas cada um deles em determinada ocasião. Em outro momento, participei de uma campanha de reconhecimento no encontro das águas do Keriniutu com o Oiapoque.

O major olhou pensativamente a linha esfumada do horizonte que, bem longe, confundia, em uma só névoa azulada, o mar, a montanha e a floresta:

– Não, não, senhora, nunca percorri toda a linha de fronteira de uma só vez. É perigoso, demanda tempo e dinheiro. A gente vem de helicóptero, faz a vistoria que tem que fazer, e volta.

A aeronave fez uma curva no ar e começou a rota de regresso para Caiena. Minutos depois, sobrevoou um trecho do alto Oiapoque. Água barrenta. O Oiapoque é uma fita marrom cortando a floresta.

Do primeiro marco de cimento no Tumucumaque até o delta do Oiapoque, a fronteira com a Guiana Francesa tem setecentos e trinta quilômetros de extensão. É a maior fronteira terrestre da França. E a mais desconhecida fronteira do Brasil.

Antes da presença francesa, o território das Guianas era habitado por vários povos indígenas, como os diversos grupos do tronco macro Tupi e, também, os Aruaques e os Caraívas, todos estabelecidos há séculos na região, que não estava nem vazia, tampouco abandonada. Ao contrário, já era sede de populações humanas desde tempos anteriores à história oficial das Américas. Até hoje, em maior ou menor número, todos esses índios continuam presentes na região. Um deles, o pajé Petalacinho, seria meu grande informante no decorrer da história de Dendy.

Os franceses desembarcaram nas praias da Guiana em 1503, mas foi somente a partir de 1643 que começaram, realmente, a ocupar o território, transformando-o de maneira irreversível. Instalaram-se no litoral, onde surgiram as plantações de açúcar, que se transformava em um negócio muito lucrativo e fazia crescer a ocupação do território e a população. Inclusive, com o tráfico de escravos, trazidos da África para atender às necessidades de mão de obra nas plantações e usinas.

A cana-de-açúcar foi, durante muito tempo, a grande monocultura que sustentou não só a Guiana Francesa, mas praticamente todo o chamado Planalto das Guianas, que compreende também o atual Suriname, antiga Guiana holandesa, e a República da Guiana, antes Guiana Inglesa. O pioneirismo das Guianas no desenvolvimento da indústria da cana-de-açúcar está nas denominações.

A cana-caiana, por exemplo, que fez a fortuna de tantos usineiros no Brasil, é a "cana de Caiena", ou "cana Caiena". Foi importada da Guiana Francesa para o Nordeste do Brasil. Já Demerara é um rio do Suriname. No português do Brasil, demerara é um tipo de açúcar não refinado. Não é tão escuro como o açúcar-mascavo, mas, tampouco, totalmente branqueado. A técnica de produção do açúcar-demerara, assim como o nome, veio do Suriname, das usinas às margens do Rio Demerara.

A fortuna do açúcar gerou uma sociedade escravocrata, na qual os colonos franceses importaram milhares de africanos para o trabalho forçado nos canaviais. A escravidão foi parcialmente abolida no tempo da Revolução Francesa (1789-1799), mas só terminou definitivamente bem mais tarde. Ao longo de todo o século 19, com a decadência do açúcar, a Guiana Francesa voltou-se para a produção de café, que, todavia, não prosperou como iria acontecer posteriormente no Brasil, pois o clima sempre quente e úmido da região amazônica não é adequado para essa cultura.

A Guiana chegou a produzir um café de qualidade, mas não em escala suficiente para dar início a um novo ciclo econômico. Essa pequena produção deu origem, no entanto, à lenda romântica do comerciante português Palheta, que, em visita à Caiena, teria tido um rápido e tórrido romance com uma senhora casada, integrante da mais fina sociedade local. Quando o romance terminou, a dama presenteou o comerciante com uma pequena muda de café. Não se sabe se Palheta seria um espião lusitano, usando de métodos pouco ortodoxos para se apoderar da riqueza cafeeira guianense, ou se a mudinha de café teria sido um prêmio de consolação que a fina dama oferecera ao dispensá-lo. A verdade é que Palheta teve a ideia de trazer a muda de café para o Brasil, e, dali em diante, é bem conhecida a história dos cafezais brasileiros.

Seja qual for a lenda, o certo é que o café Palheta, marca presente no Brasil até hoje, deve seu nome ao comerciante português que trouxe, para o solo brasileiro, as primeiras mudas da plantinha guianense, até então desconhecida.

Ao encerrar o ciclo do açúcar e sem que a cultura do café lhe trouxesse benefícios significativos, a Guiana Francesa foi se transformando lentamente em uma colônia penal. Foram construídas duas penitenciárias importantes, uma em Saint-Laurent-du-Maroni, ao norte, na fronteira com o Suriname, e outra, a chamada prisão da Montagne d'Argent, ao sul, na fronteira com o Brasil, na foz do Rio Oiapoque. Ainda havia um campo de prisioneiros em Kourou, perto de Caiena.

A prisão francesa mais conhecida, no entanto, não é nenhuma das penitenciárias no continente, mas a da Ilha do Diabo, uma pequena ilha a alguns quilômetros da costa guianense. Para lá foi mandado a cumprir pena o capitão Alfred Dreyfus, pivô de um rumoroso caso de espionagem que dividiu radicalmente a opinião pública francesa de 1894 a 1906, quando, anulada a sentença condenatória que o levou à Ilha do Diabo, o militar regressou à França e foi reincorporado ao Exército. Também estiveram presos na ilha e submetidos a trabalhos forçados o falsificador francês Jules René Belbenoit e o condenado por homicídio Henri Charrière, este último autor do livro *Papillon*, que narra sua fuga espetacular da ilha-presídio e que, mais tarde, foi transformado em um filme homônimo, de Franklin Schaffner.

Os prisioneiros franceses tinham uma sentença dupla: além dos anos a cumprirem no cárcere, eram obrigados a permanecerem na Guiana por período igual, em um sistema conhecido como *doublage*. Muitos deles não retornavam à França continental e permaneciam o restante de suas vidas por lá, onde constituíam família, tomando parte, assim, no povoamento e ocupação do território. Desses casos, o mais conhecido é o do pintor Pierre Huguet, que, em 1886, decorou a Igreja de São José, na cidade de Iracoubo, no interior da Guiana Francesa, cobrindo mais de quatrocentos metros quadrados do interior do templo com pinturas *naif* repletas de detalhes coloridos. O trabalho de Pierre Huguet resistiu ao tempo e a Igreja de Saint-Joseph d'Iracoubo é, desde 1978, um monumento histórico reconhecido pelo governo francês como parte da herança cultural do país.

A imigração mais dramática para a Guiana Francesa, porém, foi a dos refugiados do vulcão do Mont Pelée, na Martinica. O Mont Pelée (Montanha Pelada, em português) era, na verdade, um velho vulcão, localizado no norte da Ilha da Martinica, que parecia extinto ou adormecido. A silhueta da cratera podia ser discernida ao longe, mas estava totalmente coberta por vegetação desde muitos anos. Tinha até um pequeno e plácido lago em seu interior. Uma idílica floresta de encosta, com uma vila, pitoresca e sossegada, aninhada aos seus pés.

Em janeiro de 1903, o Mont Pelée começou a acordar. Primeiro, soltou jorros de fumaça e vapor, em uma manifestação de atividade que os vulcanólogos chamam de fumarolas. Ninguém se preocupou. Em abril, as explosões dentro da cratera se tornaram mais fortes e frequentes. A pequena cidade de Saint-Pierre, aos pés do vulcão, foi sacudida por tremores de terra e, em seguida, coberta por uma nuvem malcheirosa de gás sulfuroso. Começava, assim, a mais dramática erupção de um vulcão na face da Terra, depois da destruição de Pompeia e Herculano pelo Vesúvio, no ano 79 d.C.

O pesadelo se transformava rapidamente em realidade. Num cenário digno de pragas bíblicas, a pequena vila de Saint-Pierre, no sopé do vulcão, foi invadida por bandos de animais selvagens, de cobras e insetos que fugiam encosta abaixo, aterrorizados pelos tremores na montanha e pelo ardido gás sulfuroso. Crianças e animais domésticos morreram de picadas de cobras ou foram vítimas de ataques dos animais selvagens em fuga desesperada. Dentro da cratera, o plácido lago começou a ferver. No dia 5 de maio, a borda da cratera desmoronou, despejando a água fervente pelas ladeiras do vulcão.

A água em ebulição se misturou ao material magmático expelido pelo próprio vulcão, formando uma avalanche à qual foram se juntando pedras e terra. Estava criada a onda de detritos piroclásticos, um fenômeno geológico com status de realidade e estética de filme de horror: uma avalanche, gelatinosa e ardente, que se deslocou morro abaixo, engolfando tudo o que encontrou no caminho. Só em uma destilaria de rum, que, junto com o açúcar, eram as principais atividades econômicas da Martinica na época, a onda flamejante soterrou e matou vinte e três trabalhadores. Desceu a uma velocidade de cem quilômetros por hora e arrastou tudo por diante, até chegar ao mar, onde provocou um tsunami de três metros de altura, que alagou as áreas ribeirinhas.

Apesar dos efeitos aterradores da explosão, o então governador da Martinica, Louis Mouttet, desconsiderou o perigo e fez publicar, no jornal local, artigos tranquilizadores sobre a atividade do vulcão. Quem tinha dinheiro – e um mínimo de discernimento – foi embora da Martinica. Quem não tinha nem um nem outro preferiu se deixar acalmar pelas declarações oficiais e permaneceu na ilha. Por ironia do destino, as pessoas que ficaram foram se concentrar justamente na já atingida vila de Saint-Pierre. Havia a crença de que o pior já havia passado e, se houvesse nova onda de detritos piroclásticos, essa seria para o lado oposto. Para completar, Saint-Pierre estava cheia de romeiros que iam para a Festa da Ascensão, prevista para o dia 8 de maio, e para as eleições departamentais, marcadas para 11 de maio.

Não deu tempo. No dia 8 de maio, uma nuvem incandescente de cinza vulcânica, aquecida nas entranhas da Terra a trezentos graus Celsius, encobriu o céu e desabou sobre Saint-Pierre. A hecatombe espalhou-se pelos mais de vinte quilômetros que compreendiam todo o aldeamento, causando a morte imediata de quase quarenta mil pessoas. A cinza incandescente de uma ebulição como a do Mont Pelée, calculou-se mais tarde, mata em menos de três minutos. A vila de Saint-Pierre foi totalmente exterminada. A nuvem ardente aniquilou pessoas e animais, retorceu pontes, derreteu prédios, arrasou campos e plantações e tudo que se encontrava diante de si. O acidente geológico mudou para sempre a geografia do norte da Martinica. Muitos agricultores perderam suas terras, acidificadas pelos resíduos das cinzas da erupção. Muitos outros quiseram deixar a ilha, tomados pelo medo de novas erupções.

Caiena foi escolhida pelo governo francês como local de acolhimento para desabrigados do Mont Pelée. Foi a mais dramática leva de imigrantes que, nos idos de 1903, a então pequenina Caiena recebeu. Até hoje, perdura o prédio da escola criada para receber as crianças que chegaram naquele ano, hoje tombada pelo Patrimônio Histórico e utilizada para eventos públicos.

Após a descolonização da Indochina francesa, Caiena recebeu imigrantes vietnamitas e, ainda, um grande número de pessoas da etnia Hmong, povo que vivia no Laos, e, no tempo da Indochina francesa, foi pego no contrapé das guerras da região e chegou a correr risco de genocídio. A Guiana Francesa se transformou em porto seguro desses imigrantes. Agricultores de longa tradição abastecem, atualmente, as cidades de legumes e verduras. Há uma pequena vila Hmong no caminho de Caiena para Saint-Georges, na qual eu costumava parar, onde o artesanato sofisticado e a delicada cozinha fazem as delícias do visitante.

O tempo passou. Décadas transcorreram morosamente na tranquila colônia, que crescia sem pressa sob o Sol do equador. Até que, em 1963, a Guiana Francesa deu um salto tecnológico e, de repente, entrou na era espacial.

Naquele ano, o então presidente, Charles de Gaulle, estabeleceu o Centre Spatial Guyanais (CSG), Centro Espacial da Guiana. Construído ao lado da cidade de Kourou, a sessenta e quatro quilômetros de Caiena, o CSG fica a cinco graus do norte do equador, o que faz dele uma base importante de lançamento de foguetes, pois, quanto mais próxima da linha do equador é a plataforma de lançamento, menor é o trajeto que esse foguete precisa fazer para atingir sua órbita, e melhor é o aproveitamento do combustível. Reconhecido como um dos mais econômicos do mundo, o centro espacial realiza lançamentos quase todos os meses, e é o maior empregador do território, em torno do qual gira toda a economia. Da plataforma do CSG de Kourou são lançados todos os foguetes europeus e, por convênio, também alguns artefatos russos.

Com o centro espacial, vieram os primeiros imigrantes brasileiros, chamados para a construção da cidade que se desenvolvia e orbitava ao redor da plataforma de lançamento, às margens do Rio Kourou. Bem remunerados, com boas escolas, seguro-desemprego e moradias subsidiadas, esses brasileiros foram-se radicando na Guiana Francesa a partir da década de 1960. Depois desses, foram chegando outros, vindos dos bolsões de pobreza do Norte do Brasil, atraídos pelos salários em robustos francos franceses e, posteriormente, em euros, assim como pela rede de proteção social que a França oferece.

De 1970 em diante, o ouro, encontrado no interior da Guiana Francesa desde 1855, começou a atrair, cada vez mais, a atenção dos garimpeiros brasileiros. Com altos e baixos, a presença brasileira no garimpo franco-guianense cresce desde então e se concentra nas bacias dos rios Oiapoque, Approuague, Sinnamary, Mana e Maroni, espraiando-se, inclusive, pelo território do Suriname.

A Guiana Francesa é o maior território situado nas Américas que ainda se encontra formal, econômica e politicamente ligado a um país europeu. Não é mais uma colônia, porque foi elevada à categoria de Departamento Ultramarino Integrado à França e à

Europa, o que equivale a dizer que é um estado federado francês, como, no Brasil, é o estado do Amapá, por exemplo.

Os cidadãos da Guiana Francesa, qualquer que seja sua origem, são franceses com os mesmos direitos e deveres da França metropolitana. Francês é a língua oficial, amplamente falada. A Gendarmerie[1] patrulha as ruas, e as bandeiras da França e da Europa tremulam em todos os mastros. A moeda é o euro e a economia da Guiana, em sintonia com a europeia, tem apresentado, nos últimos anos, um crescimento expressivo e consistente do Produto Interno Bruto (PIB).

No entanto, estamos em plena Amazônia equatorial. Uma das imagens icônicas da Guiana Francesa é a foto de um macaco, encarapitado em um galho de árvore, em pleno parque do centro espacial, espreitando por entre as folhas o foguete prateado que se eleva ao longe e deixa para trás uma grossa coluna de fumaça e fogo.

De qualquer lugar que se olhe, a espessa massa verde da floresta se impõe, impenetrável como uma muralha, com todo seu porte e força, já na periferia das cidades guianenses. O calor e a umidade imperam durante o ano todo. O solo de laterite da Amazônia é pouco fértil para as culturas tradicionais europeias, mas, para os plantios típicos da região amazônica, o crescimento se dá quase a olhos vistos.

Meu pequeno jardim em Caiena era um prazer que se renovava todos os dias, com uma nova floração de qualquer coisa que eu plantasse. Milho vicejante, mandioca – de farinha e de comer –, espalhando suas ramas pelo chão, bananas de todos os tipos e estações, azaleias num colorido exuberante ou o capim-patchouli, tão comum e abundante que, ao cabo de alguns meses, encontrei-me quase arrependida por tê-lo plantado. Não tinha mais o que fazer com ele. Colocava em todos os quartos da casa, dava de presente para os amigos, e nada do patchouli acabar. Ao contrário. Rebrotava. As plantas nativas da região, como dizia um dos meus amigos, "dá para ouvir crescer".

1 Gendarmerie Nationale (Gendarmeria Nacional): corporação militar vinculada às Forças Armadas da França, colocada, porém, sob jurisdição do Ministério do Interior. Exerce funções de policiamento em áreas rurais, suburbanas, em vilas e pequenas cidades e, igualmente, nos territórios ultramarinos, como é o caso da Guiana Francesa. O policiamento nos grandes centros urbanos é feito pela Polícia Nacional.

Cheguei a Caiena no final do ano de 2008, quando o governo brasileiro me designou para ser cônsul-geral. A cidade tem tamanho médio, com cerca de oitenta mil habitantes. Não conta com edifícios espetaculares, mas também não tem favelas, sendo, na verdade, uma cidade simples e bem cuidada, onde uma classe média populosa vive com conforto e segurança. Fundada em 1634, às margens do Rio Caiena, tem uma arquitetura muito particular, de contornos próprios, com traços franceses, africanos e caribenhos, que também se refletem na música, na roupa colorida e no estilo de vida das pessoas. Caiena é quente e úmida o ano inteiro, com uma estação mais seca e ensolarada – o termômetro, inclemente, chega a abrasivos quarenta graus Celsius –, e outra, com chuvas intensas, como é inescapável na região amazônica.

Com exceção do antigo Fort Cépérou, que data da fundação da localidade, a cidade concentra construções praticamente novas. Conta com um belo conjunto de pequenos prédios coloniais avarandados, com grades de ferro batido, de dois ou três andares, e cobertos por telhados de zinco corrugado vermelho, o que dá à cidade um certo charme, antigo e suave, e de muita personalidade. O casario baixo, cercado de jardins com árvores frondosas e coqueiros elegantes, espalha-se pelos bairros, despretensioso e acolhedor.

De dia, Caiena é uma pacata cidade do interior, mas, à noite, com a brisa fresca do mar, renasce. As pessoas surgem nas ruas, nas varandas e em cafés, nos restaurantes e nos passeios de casais com crianças e bicicletas na Place des Palmistes. O lugar ganha uma personalidade mais alegre, mais diversa, meio francesa e meio caribenha, com algo de brasileira. Do dia para a noite, parecem duas cidades diferentes. Achava tudo muito aprazível. Estava satisfeita.

Junto de Caiena, formando uma aglomeração urbana única, fica o município de Rémire-Montjoly, mais moderno e residencial. Eu morava em Rémire-Montjoly, porque é lá que se situa, até hoje, o Consulado-Geral do Brasil, sediado em uma casa de tijolos e madeira – "la maison en brique et en bois du Brésil"[2], como dizia minha amiga Yolande Ederique. De minha casa ao Consulado, eram uns vinte minutos de carro.

---

2 "a casa de tijolos e madeira do Brasil".

A vida em Caiena me parecia mansa e fácil. E era. Até que um dia o telefone tocou insistentemente na minha sala no Consulado. Atendi, era do hospital. Uma criança, aparentemente brasileira, fora encontrada na estrada entre Caiena e Saint-Georges, esta última, uma pequena cidade na margem francesa do Rio Oiapoque. Eu poderia ir ao hospital falar sobre o assunto com a assistente social? Sim, claro. Agora? Agora, por favor. Fui imediatamente.

Quem me recebeu foi Madame Vih, com quem havia falado ao telefone. Eu a conhecia de outras visitas ao hospital. Francesa de origem vietnamita, chefe das assistentes sociais, era uma senhora de cerca de cinquenta anos, os cabelos negros já mostrando uns poucos fios brancos, imaculadamente penteados em coque, semiencobertos pelo gorro da enfermagem.

Na meia-idade, a Bernardette Hwa-Vih estava começando a engordar. De estatura mediana, coluna ereta e ombros para trás, Madame Vih, nome que estava escrito na plaqueta de identificação, irradiava respeitabilidade e disciplina. Era afável no trato, mas não consegui achá-la simpática, talvez por causa da voz, uma oitava acima do que me parecia confortável. Com o tempo, aprendi a gostar dela. No primeiro momento, porém, lamentei, em silêncio, que um caso envolvendo menor de idade, que sempre é complexo, tivesse caído nas mãos - ou sob a implacável prancheta - de uma assistente social de voz estridente.

Madame Vih relatou-me que a criança dera entrada no hospital, trazida pela Gendarmerie. Falando somente português, fora encontrada sem documentos. O hospital tinha indícios de que ela poderia ser de nacionalidade brasileira, mas precisava que o Consulado averiguasse e, se fosse de fato, seria preciso - insistia Madame Vih - que ajudasse a localizar a família no Brasil.

Conhecia bem o hospital geral. Já havia passado por lá várias vezes, visitando brasileiros internados. Visitas de apoio, para aqueles que não tinham família em Caiena, e de preparação para viagem de regresso ao Brasil, no caso dos brasileiros repatriados em convalescência. O Consulado também fazia, com muita frequência, traduções de consultas entre pacientes brasileiros que não falavam francês e o pessoal médico e de enfermagem do hospital. Eu e a vice-cônsul éramos pessoas conhecidas dos médicos e da assistência social do hospital. Até ali, minha visita parecia rotina.

Madame Vih – pronuncia-se Vigt, se bem me lembro – conduziu-me até a sala de reuniões da diretoria e, delicadamente, ofereceu-me um lugar para sentar. A criança, disse a assistente social, chamava-se Dendy. No momento, estava fazendo vários exames médicos.

Procedimentos normais, disse-me. Protocolares. Mais alguns minutos e os exames estariam terminados. Poderia eu esperar um pouco? Por favor? Sim, claro. E esperei.

O final dos exames não demorou. Madame Vih apenas teve tempo de me dizer que Dendy era menor de idade – teria uns 10 ou 12 anos, não mais. Repetiu o pedido de que o Consulado estabelecesse a nacionalidade e a levasse de regresso ao Brasil. A voz aguda se elevou em uma nota. Achei Madame Vih um pouco mais insistente do que o normal. Mas ainda não sabia o porquê.

Moreninha miúda, franzina e falando apenas português, fui encontrar Dendy sentada na cama da enfermaria, cansada, porém aparentemente tranquila. Ou talvez conformada com a sorte. Foi lentamente respondendo às minhas perguntas.

Sim, disse-me ela, estava bem. Sim, tinha comido, comida boa, as moças (da enfermagem) tinham dado. Não tinha dor. Não tinha nenhum machucado. Não gostava de injeção, mas foi só uma picadinha e passou. Elas me deram roupa nova, anunciou após uma pausa, e me mostrou a camisola do hospital. E chinelos, disse, apontando as singelas pantufas de algodão.

Havia nascido em uma pequena vila na beira do rio e lá passara os primeiros anos de vida. Não soube me dizer o nome da vila ou da cidade onde nascera:

– Casa na beira do rio, Dendy?

– É, sim, senhora.

– Qual o rio, você lembra do nome?

– Curiaú.

O Rio Curiaú corre inteiramente em território brasileiro, o que fazia de Dendy, definitivamente, cidadã brasileira. Corta o Amapá, nascendo na alta floresta, ao norte do estado, e desaguando, mais ao sul, no Rio Amazonas, cerca de cinco quilômetros acima da cidade de Macapá. A região foi declarada Área de Proteção Ambiental (APA) em 1998 e, na ocasião em que conheci Dendy, ocupava cerca de vinte e um mil e seiscentos hectares.

Embora a Área de Proteção Ambiental do Curiaú fosse grande, tinha poucos habitantes, distribuídos em apenas oito pequenas comunidades. Duas, que tinham o mesmo nome do rio, eram Curiaú de Dentro e Curiaú de Fora. Em seguida, vinham Casa Grande, Curralinho, Mocambo e Extrema, além de dois vilarejos menores, Pirativa e Pescada.

Estive por lá uma vez, a passeio, como turista. Apesar de a área ter uma inegável beleza, o acesso é difícil e carece de estrutura para o visitante. Minha viagem a Curiaú não foi confortável, mas valeu a pena, porque a região concentra três tipos de bioma bastante diversos, e praticamente um ao lado do outro. O maior dos biomas é o da Amazônia, formado pela mata fechada, com grandes árvores e arbustos de todo tipo, uma autêntica fortaleza de troncos e galhos entrelaçados e denso cipoal. É onde reinam as grandes árvores, como a impressionante sumaúma, verdadeira torre vegetal que pode atingir até quarenta metros de altura. Selva, mesmo.

O bioma seguinte é o do cerrado, que se compõe de um campo de capim alto, chamado de "campo sujo", que tem, além do capinzal, arbustos intermediários e pequenas árvores de troncos retorcidos, com uma variedade de flores, frutas e castanhas específicas daquela vegetação e que não são encontradas em outras regiões do Brasil. Finalmente, o bioma de campos de várzea, que são campos rasos, limpos e com capim curto e sempre muito verde. Nas chuvas, os campos de várzea inundam e se transformam em vasto complexo de lagos e igarapés, onde a mata amazônica e o bioma do cerrado formam pequenas ilhas isoladas, pontuando a várzea inundada aqui e ali. O contraste tem um encantamento selvagem. Na seca, os campos de várzea viram pastagens para o gado.

– Esse campo verdinho da várzea que a senhora está vendo – disse-me o técnico que nos guiava na época – é, ao mesmo tempo, uma benção e uma desgraça.

Ante meu olhar de espanto, ele explicou:

– Bênção, porque todo ano, depois que as águas descem, o campo se renova, fica muito fértil com a lama e os depósitos aluviais que a cheia do rio deixa. Desgraça, porque é bom para o gado e os fazendeiros do sul, que têm dinheiro, máquina e capanga. Eles invadem tudo. Daí acaba o campo, enche de boi e o caboclinho da beira do rio perde a roça de mandioca, de milho, o criatório do peixe...

Quando a visitei, a Área de Proteção Ambiental do Curiaú ainda estava bem protegida, antes do avanço das pastagens na área, e guardava então toda sua exuberante natureza. Apesar de o meu passeio ter sido rápido, eu me lembrava muito bem da beleza dos três biomas e de cada uma das comunidades em que estive.

Dendy não soube me dizer em qual das comunidades havia nascido ou em qual delas estaria morando sua família. Repeti os nomes de todas as vilas várias vezes, mas não vi no rosto da menina nenhuma reação, nenhum brilho que pudesse indicar o reconhecimento do nome de sua vila de origem.

Fisicamente, Dendy tinha características claramente indígenas. Dentro da APA do Curiaú, todas as vilas, exceto a do Mocambo, são antigos quilombos, formados por escravos fugidos ou libertos das lavouras de cana. Por ser mais índia do que negra, quase certamente não era descendente de quilombolas e bem poderia ter nascido na comunidade de Mocambo, por exclusão. Insisti mais de uma vez, mas ela não me confirmou nada. Nem pareceu reconhecer o nome da comunidade.

Com relação à família, ela se lembrava da mãe, Cinara ou Cenélia, não tinha bem certeza do nome, e dos irmãos, um dos quais era cego. Não conheceu o pai. A mãe só disse que ele tinha morrido:

– Morreu de que, Dendy?

– Morreu morrido.

Depreendi que o pai dela não havia sido assassinado, mas adoecido ou sumido no mundo. De qualquer forma, ela não tinha pai conhecido. O sobrenome da mãe, não sabia dizer.

Dos irmãos, a menina parecia ter boas lembranças e muito carinho por eles. Ao que me pareceu na ocasião, Dendy deveria ser a sétima do grupo de oito irmãos. No entanto, não sabia o nome completo deles e lembrava somente os apelidos:

– É o Mundinho, mais Caiaco, Zebé, Fazinho, Titá, Nazinha, eu e o ceguinho, de nome Jubá.

– Mundinho é o apelido de Raimundo?

– Sei não, senhora.

– Ceguinho Jubá é Juvenal?

– Sei não, senhora.

Essa foi a minha primeira conversa com Dendy no hospital. A primeira das minhas inúmeras tentativas de entender o que se passara com ela e de obter informações suficientes para preencher o formulário do Consulado, que era necessário para expedir um passaporte e tentar localizar sua família no Brasil.

Foi fácil concluir que ela era brasileira. O uso do português do Brasil e, mais especificamente, do português regional do Norte, as referências a um local de nascimento pouco conhecido pela maioria dos brasileiros, o total desconhecimento de quaisquer outros idiomas – Dendiara era brasileira, sim, e estava na jurisdição do Consulado. Era meu problema.

Ao ser encontrada, a menina não tinha nenhum documento consigo nem qualquer outro tipo de identificação – certidão de batismo, carteira da Fundação Nacional do Índio (Funai), por exemplo, que os indígenas portam quando vão à cidade, ou qualquer anotação particular, endereço, telefone de alguém. Nada indicava quem era ou de onde vinha.

O nome pelo qual respondia, Dendy, tinha sido, do que pude concluir, um engano dos policiais que a trouxeram ao hospital. Perguntada como se chamava, a menina respondeu, baixinho, timidamente, que se chamava Dendiara. Todavia, o policial que redigia o boletim de ocorrência, jovem francês recém-chegado a Caiena, não falava português, e entendeu "Dendy", nome que lançou no registro, escrevendo aquilo que, aos seus ouvidos habituados à francofonia, parecia-lhe razoável.

Em seguida, quis saber o sobrenome, que a menina não soube dizer. Ante a insistência da funcionária, a garota respondeu, quase inaudível, que não sabia. No boletim de ocorrência, os demais espaços ficaram em branco. Os policiais correram com a menina até o hospital, onde o secretariado transcreveu, na ficha de internação, o único nome que constava do apressado boletim feito no posto policial: Dendy. E assim ficou.

Quando precisei do nome completo da garota, para expedir-lhe um passaporte que a identificasse formalmente diante da burocracia do hospital, dei-lhe o sobrenome "Silva", o mais comum entre os brasileiros. Mesmo sem ter qualquer prova de que ela, efetivamente, teria tal sobrenome familiar.

Mais tarde, bem mais tarde, eu iria descobrir que a menina se chamava Dendiara Teixeira, mas isso foi ao final de nossa caminhada. Naqueles primeiros momentos, ela se deixou chamar por Dendy Silva, sem opor resistência. Estava recebendo casa, comida, roupa e atenção. O que é que custa atender por um novo nome? Os sobreviventes têm um senso prático que escapa à maioria das pessoas.

O registro de ocorrência da polícia francesa, cuja cópia recebi ao chegar ao hospital, informava que, no dia anterior, uma criança do sexo feminino havia chegado sozinha, caminhando lentamente na direção norte, pelo acostamento da estrada RN 2, até a barreira de polícia de Bélizon, perto da ponte sobre o Rio Approuague, local em que havia se rendido, sem resistir ou tentar a fuga. Os agentes de polícia a detiveram sem outros incidentes. Quase como se ela quisesse ser encontrada.

Ao deter Dendy, a polícia francesa empreendeu uma rápida investigação para tentar encontrar a família ou o local de residência da menina. Por rádio, contatou as delegacias de polícia das localidades francesas ao sul da ponte do Rio Approuague e inquiriu sobre a existência de registros de eventual desaparecimento ou fuga de crianças com a descrição de Dendy. Nada havia sido encontrado. Outro rádio fora passado à Polícia Federal e à polícia do estado do Amapá, na cidade brasileira de Oiapoque, também sem resultados concretos. Ela não viera de nenhuma cidade ou vila da região. Não estava sendo procurada por ninguém. Não havia registro de fuga de nenhuma entidade de internação de menores, nem no lado francês nem no lado brasileiro do Rio Oiapoque. O Conselho Tutelar do Oiapoque não tinha notícia dela.

Por exclusão, a Gendarmerie concluiu que Dendy deveria ter vindo de algum garimpo clandestino, no interior da floresta. Não faltam garimpos clandestinos na Guiana Francesa. O ouro, no leito e nas margens dos rios, é abundante. A mineração, porém, é proibida, porque a lei francesa declarou como parque nacional quase todas as florestas da região, ficando interditado entrar, acampar, residir, caçar, pescar e extrair produtos minerais dessas áreas. A mineração no Parque Amazônico da Guiana ficou fora de questão.

Os garimpeiros brasileiros, todavia, entram clandestinamente na Guiana Francesa por meio das localidades de Vila Brasil e de Ilha Bela, na margem brasileira do Rio Oiapoque. A passagem se dá pelo mato, seguindo os cursos dos rios e igarapés até a localização provável do depósito aurífero.

Uma vez achado o indício de ouro, a notícia se espalha irremediavelmente entre os garimpeiros, que correm para o local. Organizam-se em acampamentos clandestinos, vivendo e trabalhando em condições muito precárias. Não é raro que um grupo de garimpeiros, de arma na mão, expulse outros garimpeiros chegados antes deles. Como são ilegais, os garimpos não têm proteção policial. Cada grupo de garimpeiros leva os próprios pistoleiros, para fazer a segurança do local e, se for preciso, expulsar os grupos mais fracos para se apossar do garimpo ou de víveres.

Há garimpos agenciados por comerciantes de ouro, os atravessadores, que financiam toda a atividade e ficam com o maior quinhão do que é encontrado. Incidentes violentos são frequentes, mortes são comuns. Ocultos na floresta, os garimpos clandestinos, quer organizados pelos próprios garimpeiros, quer agenciados pelo atravessador de ouro, são precários, provisórios – até quando durar o ouro – e mortalmente sem lei.

Como o garimpo é atividade proibida, a Gendarmerie a reprime. Em geral, por meio de operações conjuntas com as Forças Armadas francesas estacionadas na Guiana. Policiais e soldados sobrevoam a floresta em helicópteros, à procura dos garimpos. Quando os avistam, descem, invadem o acampamento, prendem garimpeiros, destroem equipamentos, fecham minas, inutilizam barcos[3]. Mais cedo ou mais tarde, os garimpeiros voltam. O apelo do enriquecimento rápido é muito forte.

---

3 Trata-se do Perdimento em favor da União, que é a perda da propriedade para o governo federal de objeto usado para praticar crime. Tanto o Brasil como a França aplicam a pena de Perdimento. Caso o objeto envolvido na prática do crime seja muito pesado, os agentes podem destruí-lo no local. No Brasil, essa punição consta da Constituição Federal e no Código Penal. No que se refere aos crimes ambientais, o Perdimento está estabelecido pela Lei nº 9.605/1998, artigo 25. Duas outras leis, 12.694/12 e 13.886/19, detalharam o processo.

No norte do Brasil, garimpo é uma profissão e um estilo de vida, fruto de uma crença muito forte, uma fé quase religiosa de que, um dia, um grande veio de ouro será encontrado e o garimpeiro que persistir ficará rico da noite para o dia. Assim, ele não desiste. Se há notícia de ouro em algum lugar da floresta, para lá vão os garimpeiros, movidos pela eterna esperança. A corrida aos garimpos é irracional, como toda fé. Gera adrenalina, como toda corrida. Vicia. E move as pessoas.

Os garimpeiros clandestinos são majoritariamente brasileiros, pois o caboclo do Norte do Brasil não tem muitas outras oportunidades de trabalho. Além de premido pela falta de emprego, ele é familiarizado com a floresta, onde sabe entrar, sobreviver e sair, além de ter a experiência dos diversos garimpos que também existem no território brasileiro. Velhos conhecidos da floresta e da extração de ouro de aluvião, os brasileiros se deslocam para a Guiana Francesa ilegalmente, sem visto, caminhando pelo mato, atraídos pelo poderoso magnetismo que o ouro exerce sobre a humanidade. Há centenas de brasileiros vivendo nos garimpos clandestinos da Guiana Francesa. Homens, na sua maioria, mas mulheres e umas poucas crianças também.

Não se tinha ideia de qual garimpo clandestino Dendy poderia ter vindo. A floresta que intermedeia os rios Approuague e Oiapoque é bastante extensa e cortada por igarapés ainda não totalmente mapeados. Sujeita a fortes inundações na estação das chuvas, há trechos da floresta que se tornam navegáveis e favorecem o ingresso e a circulação de garimpeiros clandestinos em canoas. Eles seguem viagem por rotas que, a pé e na estação seca, seriam quase intransitáveis. Ninguém sabe quantos, mas tem-se conhecimento que há muitos acampamentos de garimpeiros mais ou menos ocultos sob as imensas árvores da alta floresta.

Como nenhuma criança de dez ou doze anos – idade aproximada de Dendy – poderia sobreviver sozinha a uma caminhada pela floresta, a Gendarmerie acreditava que alguém teria trazido a garota, possivelmente de canoa, pelo rio, até algum ponto próximo à ponte sobre o Approuague ou à Vila de Régina. De lá, indicado algum caminho que a levasse até a rodovia RN 2. Pelo acostamento da rodovia, Dendy caminhou até a barreira da Gendarmerie. A polícia francesa imaginava que ela teria sido instruída a seguir na direção da barreira policial. Chegou sozinha, mas dificilmente teria caminhado sozinha o tempo todo pela floresta. Fora cuidadosamente trazida. Muito provavelmente, para ser encontrada, de propósito, pela Gendarmerie.

A assistente social me contou que Dendy chegara vestida com saia e blusa modestas, de aparência usadas, porém bem cuidadas. Estava razoavelmente limpa e bem calçada, o cabelo liso de cabocla ribeirinha delicadamente penteado em uma longa trança negra, arrematada por um prendedor de miçangas. A descrição da assistente social corroborava com a suspeita da polícia de que ela não viera só, mas, antes, trazida por alguém do garimpo pelo rio até a rodovia.

Qualquer pessoa que caminhe pela floresta amazônica, por mais que tente evitar, acaba por empapar a roupa de suor e cobrir os sapatos de lama – na melhor das hipóteses. A floresta tropical forma um emaranhado de árvores, arbustos e cipós entrelaçados, e muitas plantas têm espinhos. Os pés afundam no solo coberto por camadas de folhas em decomposição, caídas das árvores ao longo dos anos e acumuladas no piso da floresta, frequentemente inundado. Sapatos e tênis comuns logo ficam arruinados. A umidade é onipresente. A garota, porém, chegara limpa e penteada à barreira policial de Bélizon.

A polícia imediatamente transferiu Dendy para o hospital em Caiena, onde ela foi internada na noite do mesmo dia. Fui chamada logo na manhã seguinte. Dendiara, aos não mais que dez ou doze anos de idade, estava visivelmente grávida.

CAPÍTULO 2

Nos corredores do hospital

O hospital e eu sabíamos que estávamos diante de um caso difícil. Não apenas a gravidez infantil implica um risco enorme, mas a inexistência de qualquer registro de identidade dificultava conhecer os antecedentes de saúde e a história de vida da menina.

Obviamente, Dendy tinha sido vítima de estupro. O passado dela não era nebuloso por acaso. Quem a deixou nas imediações da área policial não queria ser reconhecido e tomou todas as precauções para evitar rastros. Deu um jeito de entregar Dendy aos Gendarmeries desprovida de qualquer documento ou de indício que os permitisse reconhecer de onde ela vinha e com quem teria estado até agora. Obter o relato da menina também se afigurava difícil. Ela devia ter sido muito ameaçada e dificilmente entregaria nomes e endereços.

Como Dendy só falava português, o hospital deixou muito claro que fazê-la falar era encargo do Consulado. Meu encargo, mais especificamente.

Minha primeira tentativa de extrair a história de Dendy parou na menção ao Curiaú e no relato da família composta por mãe e oito irmãos, o mais moço dos quais, cego. Tinha sido uma entrevista decepcionante, pois terminara sem que eu conseguisse saber mais do que o local, impreciso, por sinal, de seu nascimento – a Área de Proteção Ambiental do Curiaú. Nenhuma indicação da cidade ou vila. Eu ainda não fazia ideia, mas, mais adiante, seria o irmão deficiente visual que iria permitir identificar a família de Dendy. Naquele primeiro momento, porém, nada foi encontrado.

Se nem o nome da própria mãe Dendy sabia pronunciar direito, que dirá o sobrenome da família. A menina era analfabeta e repetia os sons apenas de memória. Sem o apoio da língua escrita, o analfabeto tende, com o tempo, a perder a acuidade dos registros sonoros e sua pronúncia começa a se deturpar. A mãe de Dendy, por exemplo, seria Cinara ou Cinélia. Ou Cidélia, vá saber. Todas as pronúncias equivaliam, pois, como quer que eu pronunciasse os nomes, Dendy me confirmava que, sim, aquele era o nome "de mãínha". Em voz baixa e sem tirar os olhos do chão.

Depois da primeira entrevista, fiquei alguns dias sem ver a menina porque os exames médicos consumiram todo o tempo dela no hospital, inclusive o que poderia ser dedicado às visitas. Nesse ínterim, tentei pesquisar junto à comunidade brasileira em Caiena se alguém conhecia Dendy ou Dendiara. Sem sucesso. Ninguém ouvira falar da garota.

A comunidade brasileira em Caiena era formada, naquela época, por cerca de vinte mil pessoas, entre homens, mulheres e crianças. Metade era legitimada por visto de permanência e autorização para trabalhar. A outra metade sobrevivia no mercado informal, em empregos como pedreiro, pintor, pescador embarcado em barcos guianenses, faxina e auxiliares de serviços gerais. As mulheres eram empregadas domésticas. Não era fácil para os brasileiros ilegais. A Police aux Frontières[4] vigiava as ruas e, quando apanhados, os indocumentados eram deportados. A maior parte regressava a Caiena depois. Eu tinha vários conhecidos dentro da comunidade e, em geral, conseguia saber deles tudo o que precisava. No caso de Dendy, no entanto, meus contatos não me valeram qualquer informação relevante.

Em seguida, fiz uma rodada de conversas, pelo telefone, com o Conselho Tutelar de Macapá, que foi muito prestativo, mas não conseguiu encontrar nenhuma pista de Dendy ou de sua família – pouco comum, na qual havia uma criança cega –, nem em Macapá

---

4 Polícia de Fronteiras (PAF): subdivisão da Polícia Nacional Francesa que cuida da segurança de fronteiras. Controla o ingresso e saída de nacionais e estrangeiros.

nem em qualquer outra cidade do Amapá. No Curiaú não havia instituição que pudesse dar informação ou aprofundar a pesquisa do Conselho Tutelar. Mesmo as duas únicas escolas que existiam na região não tinham registro de Dendy. Perguntei pelo irmão cego, mas ninguém tinha qualquer lembrança. Era como se todos tivessem evaporado.

O Conselho Tutelar de Macapá me explicou que, se Dendy confundia a pronúncia do nome da mãe era, certamente, porque as duas não conviviam há algum tempo. A menina deveria estar morando por um período já longo, estimava a conselheira tutelar que me atendia, em companhia de pessoas que não a sua família nuclear.

A conselheira tutelar com quem tratei durante todo o tempo em que me ocupei de Dendy chamava-se Nadália – Nadália Maria Cunha, como prontamente me informou, pelo telefone, com gentileza e suavidade. Nunca cheguei a conhecê-la pessoalmente. Nossos contatos foram apenas telefônicos e a primeira coisa que notei foi sua constante boa vontade. Doce, prestativa, atendeu-me sempre com muita cortesia, e prontamente.

Ela tinha estudado Psicologia em Belém, onde morou desde o início do curso até 2005, quando concluiu a faculdade e regressou a Macapá, para se casar, em seguida, com um namorado de infância. Começou a trabalhar no Conselho Tutelar no ano seguinte e lá estava, desde então. Dona Nadália era macapaense, de boa cepa Tucuju, como me explicou, em uma das vezes em que nos falamos. Tucujus eram os índios que viviam na região onde hoje é a cidade de Macapá, e é o modo carinhoso com o qual os amapaenses se referem a eles mesmos, para criticar ou para elogiar.

– Sou Tucuju legítima – disse-me–, e conheço bem isso daqui.

Explicou-me, logo nos primeiros dias de conversas, que é bastante comum, no Norte do Brasil, as famílias muito pobres e numerosas entregarem suas crianças para terceiros, para que tenham acesso a um futuro que a família biológica não pode assegurar. Em geral, disse a conselheira tutelar, as famílias "dão a criança para criar". Eu conhecia casos assim. É uma espécie de adoção informal e funciona, algumas vezes, bastante bem. Dona Nadália admitiu, no entanto, que algumas famílias pegam crianças pobres para que trabalhem sem salário, em troca de casa e comida, como empregadas domésticas ou babás, ficando os estudos em segundo plano.

Quando perguntei sobre abusos sexuais ou pornografia infantil, a conselheira tutelar demorou a responder. Como se tomasse ar. Depois, assentiu:

– Sim, pode ser.

Ela conhecia bem "isso daqui". De qualquer maneira, tudo era ainda conjecturas.

Dona Nadália ficou de entrar em contato com as instituições que apoiam pessoas deficientes visuais, especialmente crianças, para ver se localizavam o irmão cego de Dendy e, a partir daí, o resto da família. Pedi urgência. Não deveria ter pedido, porque o tipo de investigação que envolve menores, especialmente crimes contra menores, demanda tempo para pesquisa e conversa, para desarmar desconfianças, confirmar fatos e descartar versões e opiniões. Não era a primeira vez que eu enfrentava exploração sexual de crianças e adolescentes. Era, todavia, a primeira vez que um caso tão concreto caia diretamente nas minhas mãos. Foi um erro, mas encareci um pedido de urgência ao Conselho Tutelar de Macapá.

Dois dias depois, dona Nadália ligou, dizendo que não encontrara nenhuma criança que pudesse ser um dos irmãos de Dendy. As crianças com deficiência visual que localizara tinham relatos de família completamente diferentes. Nenhuma, por exemplo, era do Curiaú. Ainda me debatia sem alternativas quando me telefonaram, de novo, do hospital. Dendy havia concluído os exames de laboratório e todos os resultados já estavam com o médico. Eu podia ir lá falar com o doutor? Podia. Fui.

O doutor Jean-Luc Kurten me recebeu em seu consultório no hospital. Alsaciano de meia-idade, o médico era baixo, ligeiramente acima do peso, os cabelos louros, já rareando nas têmporas. Estava há muitos anos em Caiena e tinha um olhar cansado, de quem já havia visto de tudo um pouco sob o Sol dos trópicos.

O jaleco verde-claro, recém-saído da lavanderia do hospital e meio amassado, chegava-lhe até quase os joelhos. Com o estetoscópio ao redor do pescoço e várias canetas sobrepostas formando uma protuberância no lado esquerdo do jaleco – como se fosse seu coração, a saltar do peito –, o doutor tinha um ar ocupado, mas simpático. Decidi que me inspirava confiança.

– A gravidez está avançando, mais ou menos da vigésima oitava para a trigésima semana; é isso o que eu acho – hesitou o doutor Kurten, e concluiu:

– Uma gravidez tão atípica não se pode saber.

Dendy tinha mais duas outras doenças, explicou-me, malária e, creio eu, leishmaniose. Eram comorbidades preocupantes, ressaltou o médico, falando calma e pacientemente.

A malária e a leishmaniose são transmitidas por mosquitos e muito disseminadas em comunidades sem saneamento e sem coleta de lixo, como ainda há tantas no Brasil. São as lamentavelmente conhecidas Doenças Tropicais Negligenciadas[5], que o Brasil não consegue vencer. Dendy vinha da mais exemplar miséria brasileira. Fazia parte da nossa pior e mais vergonhosa estatística. Isso o médico não me disse, mas eu sabia.

Além das doenças tropicais, Dendy estava desnutrida e abaixo do peso esperado. O feto, embora já com quase trinta semanas de gestação e, segundo estimava o médico, com mais de quinhentos gramas, não estava muito melhor. Havia riscos para o bebê também. Não sei exatamente quais exames tinham sido feitos e não me lembro mais nem do prontuário e de toda a conversa com o doutor Kurten, mas o prognóstico não era nada bom. Nem para Dendy nem para seu bebê, arrematou.

O médico perguntou se eu queria saber o sexo do bebê:

– Não.

Para quê? Para contar a Dendy? Ela sequer parecia entender a própria gravidez. Mais tarde, e por outras razões, fui descobrir que era um menino.

Doutor Kurten prosseguiu explicando-me que o hospital francês garantiria internação e tratamento de Dendy até o parto; e mais um tempo, até que o bebê apresentasse um quadro de saúde estável. Depois disso, a menina-mãe, que era brasileira, teria que ser

5 São causadas por agentes infecciosos ou parasitas e consideradas endêmicas em regiões subdesenvolvidas econômica e socialmente e em populações de baixa renda. Dentre elas, destacam-se: malária, doença de Chagas, dengue, leishmaniose, esquistossomose, oncosercose, hanseníase e tuberculose.

repatriada para o Brasil. Quanto ao bebê, que nasceria em território francês, o doutor Kurten não sabia. Talvez pudesse ficar para adoção. O médico me explicou as questões relacionadas a um possível aborto ou antecipação do parto, ambas a considerar no caso de Dendy. Eu, porém, não entendi muita coisa. O que me preocupava era o tempo de que dispunha para investigar a identidade do estuprador e para qual família encaminhar a menina após o final da gravidez, fosse qual fosse o desfecho.

Eu dispunha, segundo concluí pela fala do doutor Kurten, de mais ou menos dois meses para descobrir quem era Dendy e onde estava sua família.

Saí da entrevista com o médico a tempo de ir conversar com o comissário responsável pelo posto da Gendarmerie no hospital. Ele queria falar comigo sobre "o caso da menina de Bélizon". O comissário Pierre Latour recebeu-me em sua sala, no saguão de entrada do próprio hospital. Foi direto ao assunto: "Se o Consulado conseguisse extrair de Dendy informações sobre quem era o estuprador" – assegurou-me –, "a Gendarmerie iria prendê-lo e processá-lo na Guiana Francesa, onde ele cumpriria pena."

– O que a senhora sabe sobre o caso?

Latour pareceu-me interessado em desvendar a origem da menina, indiciar o autor do estupro e em coibir esse e quaisquer crimes que tivessem sido praticados. Era alto e atlético, talvez um pouco magro. Cabelo castanho, em cuidadoso corte militar, farda recém-passada e nenhuma arma visível, embora a gaveta à sua direita estivesse ligeiramente entreaberta, como se a pistola, lá dentro, devesse ficar sempre ao alcance dos olhos e da mão. Três telas de computadores e um *laptop* colocavam o comissário em contato, e em tempo real, com Paris, com a sede da Interpol em Lyon e com alguém mais, que não consegui identificar.

O comissário me interrogou a respeito do caso com uma mescla de cortesia e de indisfarçável interesse profissional. Fez perguntas típicas de detetive, acho que desconfiava um pouco de mim, como se eu soubesse mais do que dizia, e, talvez, estivesse protegendo brasileiros. Compartilhei com ele, sincera e diretamente, o pouco que sabia.

Latour fez questão de me garantir a segurança de Dendy, caso ela resolvesse falar. Para evitar retaliações contra a vítima ou a sua família, o Judiciário francês poderia determinar, disse-me o comissário, que o estuprador cumprisse pena em um presídio bem distante da Guiana Francesa. Na Martinica ou na França metropolitana, por exemplo. Garantiu que o sistema de proteção a testemunhas permitia esse tipo de transferência e que não haveria por que Dendy ou sua família viverem reféns do medo.

Agradeci e fiz o melhor para explicar que a menina não tinha a menor noção de processo penal nem de geografia, sequer tinha ideia da distância entre a França e a Guiana, assim como eu não conseguiria fazê-la entender o tipo e a eficácia da proteção que oferecia o Estado francês. Dendy estava assustada, tinha medo de falar e não tínhamos argumentos ao alcance dela. Em todo caso, disse que ia ver o que seria possível fazer e passaria ao comissário todas as informações que recebesse da garota.

Aproveitei para perguntar qual seria a suspeita da Gendarmerie. Estupro puro e simples? Prostituição infantil? Em algum garimpo?

Não eram perguntas sem fundamento. Tinha ouvido alguns relatos sobre prostituição nos garimpos e o valor que os garimpeiros atribuíam a eventuais relações com meninas muito novas ou virgens. Acreditavam que tais relações poderiam curar doenças sexualmente transmissíveis, inclusive Aids, e, por isso, a prostituição infantil poderia render algum dinheiro. No caso dos garimpos, renderia ouro. Literalmente.

O comissário Latour não tinha pistas concretas. Tinha, sim, conhecimento dos inúmeros garimpos clandestinos que existem na região de onde, provavelmente, teria vindo Dendy, entre Caiena e Saint-Georges, entre os rios Approuague e Oiapoque. Tinha ouvido falar em prostituição infantil de meninas brasileiras em vários lugares, nas vilas e pequenas cidades ribeirinhas e, inclusive, nos garimpos.

– Por enquanto – disse-me o comissário –, tudo são só hipóteses. A gravidez de Dendy poderia vir de abuso perpetrado por uma pessoa da família, ou decorrer de prostituição infantil, ou qualquer outro motivo. Tudo o que temos, por ora – finalizou –, é a possibilidade de a menina falar para começarmos nossa busca.

Pedi que ele me mantivesse informada de possíveis avanços da polícia e prometi transmitir qualquer informação que chegasse ao meu conhecimento.

Apertamos as mãos. Acho que Latour ainda bateu continência quando eu saí.

Entre a conversa com o médico e com o comissário da Gendarmerie e minha saída do hospital, foi a vez de Madame Vih mandar me chamar para mais uma conversa. *Madame la Consule*, iniciou, cerimoniosa, para dizer, em seguida e sem mais delongas:

– Dendy não está cooperando.

– Não está cooperando com o quê?

– Bem – explicou –, quando a levamos para um dos laboratórios, para fazer alguns exames, ela precisou ficar um pouco na pediatria, onde aguardaria ser chamada para tirar sangue. Poucos minutos de espera. Nós a deixamos na pediatria, porque lá tem brinquedos, para acalmá-la e reduzir o estresse das agulhas.

– Ela se comportou bem?

– Sim, sim, foi bem... Foi corajosa no laboratório e obedeceu em tudo. Mas gostou da pediatria, o que se tornou um problema. A senhora sabe, na entrada da pediatria tem uma saleta com vários brinquedos e bichos de pelúcia, além de uma televisão, na qual passamos desenhos animados. Desde então – suspirou –, Dendy insiste em ser levada outra vez para a pediatria.

– Para ver televisão? Ou para brincar com bichinhos de plástico? Ela é uma criança, afinal...

– É, pois é... Mas não pode.

– Como não pode?

A assistente social hesitou.

– Poder, mesmo, pode. Mas é melhor não. É melhor para Dendy que ela fique na enfermaria das mulheres, que é mais perto das salas de parto e da UTI infantil, para o caso de a criança precisar. A senhora já imaginou ter que sair correndo da pediatria para chegar até a obstetrícia?

Eu não tinha ideia. Sabia que o hospital era grande, mas não tinha noção da dificuldade que é andar lá dentro. Descobriria em breve.

– Desculpe a insistência – prossegui –, mas não dá para levar a garota pela manhã e trazer de tarde? Quer dizer, ela ficaria oficialmente internada na enfermaria das mulheres, mas poderia passar várias horas na outra enfermaria, com as outras crianças. Dormir num lugar e brincar no outro, não seria possível?

Não, não podia. As assistentes e enfermeiras não tinham condição de ficar levando e trazendo Dendy de um lado para outro do hospital. A garota andava devagar, a barriga estava grande e baixa, além disso a enfermagem tinha outros afazeres.

– As manhãs são longas no hospital – completou. Temos horários estritos para distribuir refeições, para a higiene dos pacientes, para organização das consultas... As manhãs do hospital são muito cheias. Espero que a senhora compreenda – disse a chefe da assistência, e colocou a mão no meu ombro. Contava com a minha cumplicidade.

– E que colabore conosco.

Sim, claro, eu estava pronta para colaborar. "Colaborar" equivalia tentar convencer Dendy a permanecer quieta na enfermaria das mulheres adultas, sem brinquedos e reduzida a assistir programas de culinária na televisão. A enfermaria das mulheres contava com apenas um aparelho de televisão, pelo qual as internas assistiam, exclusivamente, durante toda a manhã, a programas de culinária. Dendy queria ver desenhos, mas as internas eram maioria, e adultas. Não faziam concessões.

Tentei convencer Dendy que ela devia ter um pouco de paciência, mas foi inútil. Suspeito que a menina nunca teve um brinquedo na vida e, certamente, nunca havia visto um desenho animado na televisão. Acho que ela não conhecia nem televisão. Estava absolutamente fascinada pelos desenhos animados e pela quantidade de bonecas e bichinhos de pelúcia que tinha visto na pediatria.

Ainda insisti por uns dez ou vinte minutos, mas definitivamente não consegui convencê-la. Não que Dendy se negasse, chorasse, fizesse birra ou insistisse. Ao contrário. Ela sequer falava. O que comovia era o ar de profunda tristeza. Cada vez que eu argumentava sobre a importância de ela permanecer na enfermaria das mulheres, Dendy se encolhia mais. A cabeça pendida em resignação, os ombros caídos em desamparo. Como se o paraíso estivesse logo aí, entrevisto pela fresta da porta, e lhe tivesse sido negado.

Tive pena. Afinal, era uma criança. Uma gravidez pode ser um crime, um descuido ou algo desejado. A pessoa que está grávida, porém, não deixa de ser o que sempre foi. Dendy era uma garota que, tragicamente, estava grávida, mas continuava criança, tristemente resignada com o destino de não brincar. Isso me doía.

Ocorreu-me, então, fazer uma proposta para Madame Vih:

– O que a senhora acha se, não a enfermagem, mas o Consulado vier buscar Dendy todas as manhãs para levá-la à pediatria? Pela manhã, quando todas as enfermeiras estiverem ocupadas, o Consulado pode mandar alguém. À tarde é mais difícil para nós, mas, pela manhã, dá certo. Levamos Dendy para a pediatria e as senhoras a buscam no finzinho da tarde. Dividimos o trabalho, que tal?

A chefe da assistência pensou um pouco. Antes que ela dissesse algo, tentei minha última cartada:

– O passeio com Dendy, de uma enfermaria à outra, vai dar ao Consulado a oportunidade de ganhar a confiança dela. Somente assim podemos saber de onde ela vem, para onde poderemos mandá-la quando ela tiver o filho, ou quando interromper a gravidez... Podemos falar com ela, entende?

Sim, ela entendia. Muito possivelmente, ela já havia conversado com o comissário Latour e sabia das dificuldades de obter informações concretas de uma criança de dez ou doze anos de idade que só falava português. Olhou para mim como se me julgasse inteligente, afinal de contas. Mas colocou a última condição:

– Tem que ser a senhora a vir a aqui e levar Dendy para a pediatria.

Compreendi. A responsabilidade era minha. Madame Vih não queria muitas pessoas estranhas no hospital, revezando-se para levar a garota de uma enfermaria para outra. Além disso, se eu não conseguisse, seria o Consulado do Brasil que haveria falhado. Caso eu obtivesse alguma informação, seria a polícia francesa a prender e levar à Justiça os criminosos.

Em qualquer outro momento eu teria recusado esse tipo de envolvimento pessoal. Alguma coisa dentro de mim, porém, dizia-me que eu não podia negar brinquedo a uma criança. E, afinal, era só um mês e pouco, até o final da gravidez. E eu precisava mesmo extrair alguma informação de Dendy. Ou, pelo menos, tentar. Ou que o hospital achasse que eu estava tentando. Aceitei.

Madame Vih tinha razão ao não querer arcar sozinha com o trabalho de levar Dendy de uma enfermaria para outra. O hospital crescera demais e não era fácil circular em suas dependências.

Caiena recebeu levas sucessivas de imigrantes, e, a cada uma delas, a população se expandia. Instituições também cresceram aos solavancos. Índios, franceses, africanos, martiniquenses, brasileiros, hmongs e vietnamitas, a cada grupo de imigrantes que chegava a cidade dava um salto, as estruturas de atendimento, como o centro hospitalar, tinham que acompanhar.

Quando me tocou frequentar o hospital para transferir Dendy de um lado para outro, descobri que o edifício era formado por três grandes blocos de vários andares, desiguais, distribuídos por um quarteirão e interligados por corredores, bifurcações, elevadores, rampas e escadas. Além das diversas alas, o hospital tinha, distribuídos pelos três blocos, lanchonetes, restaurante, lojinhas, posto policial e de bombeiros, jardim e capela. Não seria nada fácil navegar por tantos meandros. Tive que pedir à Madame Vih para fazer um mapa do caminho, de uma enfermaria a outra – dando prioridade, no caso, ao acesso por elevadores, pois Dendy já estava com dificuldade para subir escadas e precisou recorrer à cadeira de rodas em algumas ocasiões.

O mapa do hospital e o roteiro autorizado pela chefe da assistência social resultaram em uma caminhada que, saindo da ala das mulheres, atravessava, mais ou menos na diagonal, todo o primeiro edifício do hospital, contornava o estacionamento das ambulâncias, até chegar aos elevadores, esses já no lado oposto do segundo edifício. Usar a rampa, sempre, e não a escada, para subir para o segundo andar, tal como indicava uma setinha no mapa. Uma vez no segundo andar, a linha pontilhada do desenho mandava voltar para o prédio anterior, por um corredor que, pelas tantas, se transformava em uma passarela entre dois prédios, que depois virava outro corredor, que passava pela capela e que seguia, meio torto, contornando o almoxarifado, até a pediatria.

Em meio a tudo isto, ainda no térreo, tinha um pequeno jardim. Em dias de chuva, a água salpicava parte da calçada interna, que se transformava em uma pista escorregadia. Em razão do estado de Dendy, os dias chuvosos nos obrigavam a contornar o jardim por mais dois corredores internos. Na melhor das hipóteses, era quase um quilômetro de distância, percorrida na cadeira de rodas ou nos passos lentos e miúdos de que Dendy era capaz.

Descansar no meio do caminho era permitido. Entrar no jardim, não.

A lista do que a garota podia fazer e, sobretudo, do que não podia fazer era vasta. Madame Vih foi muito clara: devia levar Dendy diretamente para a pediatria. Entrar em qualquer outra enfermaria era proibido. Nada de lanches ou balas. O mapa, aliás, tinha sido desenhado para passar ao largo da lanchonete do hospital. Uma volta extra, para evitar "tentações", disse ela, pois havia também uma dieta a seguir. Devíamos caminhar devagar. Usar rampas e elevadores e evitar escadas. Na saleta de televisão, Dendy deveria ficar sentada, com os brinquedos ao redor ou com o brinquedo favorito no colo, se fosse o caso, mas sempre sentada.

Quando chegássemos à pediatria, Madame Vih calculou que as outras crianças estariam no turno do banho ou recebendo medicação. Não era para brincar com elas. Não era para gritar. Nem cantar. Eu não planejava nem cantar nem gritar, mas ouvi atentamente e assenti. Não, eu não podia trazer nem roupas, nem chinelos, nem cobertorzinho, nem brinquedos, nem tiaras para Dendy. Só se usa no hospital o que o hospital dá. Mesmo a cadeira de rodas, que se revelou necessária à medida que a menina se tornava muito pesada com a gravidez, deveria ser solicitada formalmente. Prometi que sim.

Em princípio, as mães das outras crianças não estariam em visitas, mas, caso estivessem, seria necessário manter Dendy na salinha dos brinquedos. A menina não podia interagir com as demais crianças, tampouco com as mães delas, o que me pareceu uma preocupação para evitar contágio de outras doenças.

– Certo. Isso era tudo?

– Vou estar por aqui – respondeu, como quem avisa que eu ainda tinha muito o que aprender sobre as normas hospitalares.

– Qualquer coisa, eu aviso a senhora – encerrou Madame Vih, sinalizando que a entrevista tinha terminado, mas a lista de proibições ainda receberia acréscimos, e muitos.

Não vai ser fácil, pensei, e certamente não vai ser prazeroso. Fiz um esforço para relevar o que me parecia implicância da chefe da assistência social. Afinal, era o trabalho dela, pensei.

Eu tinha, agora, o compromisso de levar Dendy, todas as manhãs, da enfermaria das mulheres para a das crianças, onde ela poderia brincar e ver desenhos na televisão. Na falta de um nome melhor, comecei a chamar essa caminhada de passeio. Não era enfermeira, não dava remédios, não fazia terapia, não caminhava com outras crianças, não ensinava nada à Dendy. Apenas conversava com ela. Nem sequer era um interrogatório, pois, se fosse, a garota certamente ficaria assustada e nada diria. Era uma conversa amena, enquanto caminhávamos. Um passeio. E tentei fazer isso da melhor maneira possível, pois precisava apresentar algum resultado à Gendarmerie. E, além disso, a felicidade da menina, quando chegávamos aos brinquedos da pediatria, era uma recompensa e tanto.

Madame Vih reiterou que eu devia ir ao hospital todos os dias, sendo "altamente preferível", disse, pronunciando cuidadosamente a palavra "altamente", que eu não designasse outras pessoas. Segundo a chefe da assistência, quanto menos gente de fora circulasse pelo hospital, melhor. E era preciso criar um vínculo pessoal com Dendy, se quisesse fazê-la falar. Entendi. Apenas eu.

Mais tarde, precisei negociar com Madame Vih a possibilidade de alguém do Consulado levar Dendy para a pediatria quando eu tivesse que viajar. Quando esse momento chegou, porém, Madame Vih compreendeu perfeitamente. Já tínhamos sedimentado um vínculo de confiança mútua. Difícil foi começar.

E assim, todos os dias, com pouquíssimas exceções, sábados, domingos e feriados, passei a ir ao hospital, pontualmente às oito horas da manhã, mapa do prédio em punho, para conduzir Dendy da enfermaria das adultas até o recanto dos brinquedos da pediatria. Nos primeiros dias, ela caminhava ao meu lado. Em seguida, sua situação se agravou e foi preciso mesmo usar a cadeira de rodas, que eu empurrava pelos corredores e rampas do hospital.

Todas as manhãs, a cada percurso que fizemos juntas pelos infindáveis corredores do hospital, perguntei a Dendy sobre sua família, seus amigos e sua vida. Acho que ela nunca chegou a confiar totalmente em mim. Digamos que, com o tempo, passou a desconfiar menos. Assim, ela foi respondendo. Lentamente, hesitantemente, entre silêncios assustados e arroubos de tagarelice infantil. A cada dia, enquanto caminhávamos juntas pelos corredores do hospital, ou enquanto eu a levava na cadeira de rodas, vinha a lume um pequeno pedaço de sua história e da vida dura dos homens, mulheres e crianças dos garimpos clandestinos de brasileiros na Guiana Francesa.

Esse foi o passeio de Dendiara.

CAPÍTULO 3

A periquitamboia

No primeiro dia em que saí com Dendy, levando-a pela mão ao longo dos corredores do centro hospitalar, perdi-me completamente. Apesar de o mapa de Madame Vih ser bastante claro, a minha proverbial incapacidade de orientação mostrou sua face outra vez.

Dendy e eu caminhamos vários minutos até que, ao invés de chegar à salinha de entrada da pediatria, chegamos a uma enfermaria que eu desconhecia e cuja entrada, obviamente, estava proibida para estranhos. Tivemos que voltar e refazer nossos passos. Enquanto caminhávamos, falei, um pouco para puxar assunto, um pouco para me desculpar pelo meu engano, que a minha confusão nos havia custado uma caminhada extra:

- Este hospital é muito grande - eu disse.

- É - respondeu Dendy.

Continuei:

- Minha casa, onde moro, é bem pequena. Mas este hospital é grande...

Após uma pausa, prossegui:

- Lá, no lugar onde você mora, é uma casa grande ou é casinha pequena?

Achei minha pergunta meio sem sentido, mas tinha que começar de alguma forma.

A resposta não deixou de ser surpreendente, até pela facilidade com que veio:

- A corrutela é grande. A barraca da gente é pequena.

Corrutela é o nome que os próprios garimpeiros dão ao acampamento do garimpo. A barraca, ou as barracas, é onde eles comem e dormem. O que significava que Dendy vinha mesmo de um garimpo. O comissário Latour tinha acertado. E não era barraco, a casa precária das periferias brasileiras. Era barraca, no feminino, isto é, uma tenda de acampamento. Na corrutela. Garimpo, sem dúvida.

- Cabem todos na barraca de vocês?

- "Cábim" - respondeu, em seu sotaque peculiar.

- São quantos na barraca? Quer dizer - emendei -, são quantas pessoas na sua família?

Silêncio. O olhar de Dendy se perdeu nas paredes do corredor. Sobre a família, ela não queria falar.

Perguntei, então, qual era, dentre todos os bichinhos de pelúcia que havia na pediatria, aquele que ela mais tinha gostado. Havia uma cesta cheia deles e uma das enfermeiras já havia notado que ela gostava, particularmente, de uma cobrinha de pano. A resposta veio rápida:

- Da periquitamboia!

Periquitamboia é o nome indígena dado à cobra-papagaio. Venenosa, a cobra-papagaio vive na copa das árvores, onde mimetiza-se à perfeição. É verde como as folhas, com pequenas raias de amarelo vivo e marrom-claro, que reproduzem os focos dos raios de Sol misturados com as manchas de sombra, conforme se alternam na copa das árvores. Bem disfarçada no meio das folhas, a cobra é quase invisível para quem está embaixo, no solo, no chão da floresta. Se, porém, alguém está passando embaixo da árvore da periquitamboia e, por um acaso, a cobra se sente ameaçada, ela salta do galho, enfurecida, e crava as presas na cabeça ou no rosto do pobre.

Ser mordido no rosto por uma cobra de porte médio e invisível que se lança de um galho alto é matéria dos mais dramáticos pesadelos. Quem passou pela experiência jamais esquece, e os relatos dos ataques da terrível periquitamboia fazem parte das histórias contadas à beira do fogo, nos acampamentos, nas noites da Amazônia.

O ataque é brutal. A cobra pesa, em geral, mais de um quilo, e se joga de qualquer altura, às vezes, por mais de dois metros, desabando sobre a vítima. A mandíbula se abre em um ângulo de quase cento e oitenta graus e as presas peçonhentas se fecham com força. Com veneno injetado na cabeça ou no rosto, "o caboclo tá ferrado", explicou-me um ribeirinho que já tinha tido um encontro com a periquitamboia. Se o veneno injetado diretamente na cabeça não matar, o inchaço do nariz e garganta pode asfixiar em poucos minutos, a menos que a vítima seja entubada a tempo.

No caso do ribeirinho meu amigo, a cobra errou o bote, por poucos centímetros, e acabou abocanhando a mochila que ele trazia às costas. A mochila, de lona grossa e com costuras duplas, ainda assim rasgou toda, de alto a baixo. A mancha do veneno de cada presa era do tamanho de uma moeda de cinco euros.

- Essa "dianha" ainda morde em euros - ria o meu amigo, mostrando o estrago e a mancha do veneno na lona grossa da mochila.

A saleta de brinquedos da pediatria tinha, de fato, uma cobra de pelúcia, que eu sempre achei que fosse uma espécie de jiboia, gorda e simpática. Olhando melhor, vi que a cobra de pano era, na verdade, verde com manchas amarelas e marrom. Uma periquitamboia. Talvez um pouco encorpada demais para uma cobra arborícola, mas, sem dúvida, ali estava a cobra-papagaio. Uma periquitamboia de brinquedo, com uma carinha sorridente, nada ameaçadora. Dendy se encantou com a cobra de pelúcia e carregou a cobrinha para verem televisão juntas.

- Você já viu uma periquitamboia de verdade no mato?

- Só morta. Mataram e levaram para mostrar pro povo.

- O povo do garimpo?

- É.

- Quem matou?

- Os home.

Arrisquei um pouco mais:

- E já viu jiboia?

- Só sucuri.

Tanto a jiboia como a sucuri são cobras constritoras, isto é, envolvem a vítima com seu corpo musculoso para matar por constrição, mas não têm veneno. Comumente, diz-se que as constritoras sufocam as presas. Porém, mais do que sufocar, a constrição se aplica no pescoço da vítima, que é quebrado em fração de segundos. A jiboia é da espécie arbustiva e está adaptada para viver em terra, enrolada em galhos, ou no meio do capim. Já a sucuri é aquática. Prefere viver nos brejos. Pode ser encontrada nos rios, lagos e manguezais da floresta equatorial, mas pode sair para caçar em terra firme.

A sucuri da Amazônia, também conhecida como sucuri verde ou sucuri preta – na verdade, é verde-escura, com desenhos pretos, quase geométricos –, é mais frequente do que a jiboia e, em geral, maior e mais impressionante. Pode ultrapassar facilmente os cinco metros de comprimento e é a cobra mais pesada do mundo. O topo de predação na sua categoria.

Em todo o caso, é a periquitamboia a rainha oculta do terror na floresta. Pelo menos, entre os adultos. Talvez Dendy nunca tivesse ouvido falar dos temíveis ataques da cobra. Ou talvez conhecesse os relatos e a graça fosse, exatamente, encontrar uma periquitamboia de mentirinha, domada, sem perigo, sem risco, enfim, transformada em brinquedo.

A periquitamboia de verdade não gosta de barulho e tem medo de gente. Se for deixada em paz, prefere viver no sossego e no silêncio das profundezas da floresta. Pouco irá se aproximar das aldeias. Já a presença da sucuri é mais frequente nos agrupamentos humanos, pois a serpente caça ratos e galinhas e não hesita em esgueirar-se pelos quintais em busca de alimento.

- Viu sucuri morta ou viva?

- Ver, eu vi matada. Madrinha disse que uma vez tinha uma sucuri bem viva e enrolada no canto debaixo da minha rede quando eu era bem pequena, mas eu não lembro.

- E aí?

- Madrinha matou e jogou no rio.

Dendy caminhava com dificuldade e parecia ofegante. O ventre que crescia era desproporcional ao seu peso e altura. Paramos para descansar. Na esquina do corredor pelo qual passávamos havia um banco de madeira. Disse-lhe para sentar e dei um tempo, sem fazer nenhuma pergunta, para ela respirar e se recompor. Se essa menina começar a parir agora, pensei, vou invadir a primeira salinha de enfermagem que aparecer na minha frente e começar a gritar por ajuda e dane-se Madame Vih. Mas Dendy não entrou em trabalho de parto. Se refez após alguns minutos. Recomeçamos a andar.

- Eu também tive uma madrinha - fui dizendo, mesmo sem ela ter perguntado. Minha madrinha se chamava Berenice, mas a gente chamava ela de madrinha Bêre.

Silêncio.

- Como era o nome de sua madrinha?

- Mãe chamava ela de dona Sinhá.

- E você também chamava ela de dona Sinhá?

- Eu era bem pequena. Mas ela disse que era minha madrinha, que era para eu chamar ela de madrinha. Daí eu chamava ela de madrinha.

- E na corrutela, como é que chamavam ela?

Dendy hesitou:

- Acho que eu não sei não, senhora.

Óbvio que sabia. Óbvio que a madrinha tinha um nome de guerra no garimpo, quase todos têm. Como os garimpos na Guiana Francesa são reprimidos pela polícia, os garimpeiros brasileiros usam nomes fictícios e nem sequer levam carteira de identidade, para não correrem o risco de serem identificados. Se forem presos, inventam um nome na hora, assim garantindo que jamais serão reincidentes, porque vão dar outro nome a cada vez que forem detidos. Nas corrutelas, todos os nomes são de guerra – e o resto também não é nada pacífico. Dendy não queria ou não podia contar o nome pelo qual a madrinha era conhecida no garimpo.

Paciência. A paciência fazia parte do jogo.

- Bem, não tem importância - fiz uma pausa.

- O importante é que você gostava dela e ela gostava de você, não é?

Dendy não titubeou:

- É, sim.

A menina respondeu com tanta convicção que me convenceu também. Ela realmente gostava da madrinha e a madrinha gostava dela. Ou, ao menos, Dendy tinha o sentimento de que a madrinha gostava dela.

Mas, fosse ela benquista ou amada pela madrinha, como explicar o abuso, o estupro, a gravidez e o abandono na barreira da Gendarmerie?

- Madrinha era casada?

- Sei não, senhora. Tinha o seu Antonho, na vila, mas na corrutela ela não tinha marido, não.

Quando as mulheres não denunciam o estupro das crianças, é porque, muitas vezes, o estuprador é marido ou companheiro delas, a quem, por diversas razões, elas não querem contrariar. Seria esse o caso? O estuprador poderia ser o companheiro de madrinha? Se é que madrinha tinha um companheiro.

Conversei um pouco mais sobre amenidades com Dendy, sobre a comida do hospital, que ela achava abundante, sobre os diversos sucos, todos muito coloridos, que traziam para ela todos os dias, e, a maior de todas as novidades, sobre as moças que trocavam a camisola dela todos os dias – algo que muito espantava a menina. Trocar de roupa todos os dias? Onde é que já se viu? Expliquei que isso era coisa de francês.

- Ah, bom.

Com o tempo, eu iria notar que quase todas as coisas incompreensíveis poderiam ser debitadas, genericamente, "aos franceses". Lentamente, voltei ao meu questionário:

- Você morou na vila? Morou com o seu Antonho?

- Não.

- Mas você foi na casa dele?

- Não, senhora.

- Quando você e a madrinha iam à vila, vocês ficavam na casa de algum amigo da madrinha?

- Não. Ficava no barzinho, tomava suco e ia embora.

- Vocês foram muitas vezes à vila?

- Madrinha foi, eu fui só uma vez com ela.

- Passear?

- A gente foi comprar coisas pro garimpo.

Fiz uma pausa, maneira de aliviar o interrogatório – sim, porque era um interrogatório e, se eu não me contivesse, a saraivada de perguntas poderia intimidar Dendy. Comentei sobre o calor. Ela não parecia sentir calor. Voltei ao assunto:

- Você ficou sozinha com o seu Antonho na vila?

- Não - respondeu peremptoriamente. Esperei. Dendy continuou:

- A gente foi na vila, comprou coisa e voltou. O seu Antonho comprou ouro da gente e a gente comprou coisas pra vender pros home do garimpo.

Foi ligeiro, explicou ela, e prosseguiu em um jorro só:

- Por causa que a voadeira era dum cumpade de madrinha e tinha que largar as coisas no garimpo e depois ir devolver a voadeira pra ele, vazia, limpinha - concluiu Dendy, já quase sem fôlego.

Entendi que a madrinha tinha um pequeno comércio no garimpo. Morava no garimpo, onde vendia seu estoque e recebia em ouro. De tempos em tempos, vinha à cidade, vendia o ouro e repunha o estoque. Então, voltava ao garimpo para tocar seu comércio. Esse tipo de pequena atividade mercantil é comum. Sempre tem alguém que o faz e fica indo e voltando, do garimpo para Vila Brasil ou do Oiapoque ao garimpo novamente. O único problema, no caso da madrinha, é que ela não tinha transporte próprio. Usava voadeira, emprestada.

A voadeira a que se referia Dendy é uma canoa estreita e longa, casco de metal, com um motor de popa. As pessoas sentam em pequenos bancos igualmente estreitos, em geral, de duas em duas, em uma embarcação que comporta três ou quatro desses bancos duplos. A carga e os passageiros se acomodam nos bancos da frente e o condutor vai à popa, manejando o motor. Geralmente, a voadeira tem um motor de quarenta HPs, o "quarentinha", como é conhecido pelos ribeirinhos. Econômico e de mecânica muito simples, tornou-se extremamente popular na região.

Os motores maiores são comprados na Guiana Francesa, que tem equipamento mais potente, franceses ou alemães, vendidos em euros, mas que ficam bem mais baratos, porque são levados clandestinamente para a cidade de Oiapoque, sem pagar impostos de importação no Brasil. Oiapoque tem fábricas de barcos de alumínio. Mais de uma fábrica, o que enseja competição e torna bastante razoável o preço do casco da embarcação.

Ter a própria voadeira, portanto, não era muito caro e era o mínimo que qualquer comerciante da região precisaria para mascatear pelos garimpos. Mas, pelo jeito, a madrinha não tinha uma voadeira. Dependia de alugar canoa dos outros. Era uma comerciante pequena.

As mercadorias que a madrinha comprava para revender não eram difíceis de antever. Após um par de anos no Consulado do Brasil em Caiena, eu não precisava perguntar, já sabia: farinha, cachaça, cigarro, feijão, carne salgada, café, talvez remédios. Tambores de combustível para as dragas que levantam a lama de aluvião do fundo do rio e para as bombas de sucção. Galões de mercúrio, o inescapável e perigoso mercúrio do qual o garimpeiro depende para aglutinar o ouro em partículas maiores e poder descartar, então, o que sobra.

Nos grandes garimpos, mesmo se clandestinos, usa-se maquinário pesado, cujo funcionamento depende do abastecimento de combustível, insumo de primeira necessidade. Inicialmente, os garimpeiros limpam a área com as motosserras, cortando indiscriminadamente todas as árvores, e, em seguida, com a retroescavadeira, arrancam os tocos e as raízes que ainda se agarram ao solo. Depois, a retroescavadeira volta ao solo já cheio de buracos e termina de afrouxá-lo completamente, quebrando as camadas de terra da superfície em toda a extensão do que será o garimpo. Uma vez a terra fracionada, entram em funcionamento as bombas hidráulicas, que injetam água e mercúrio, sob pressão, diretamente no solo.

A massa de lama e mercúrio, formada pela quebra da terra e pela injeção de água com o metal, é levada, então, para as chamadas "plantas de lavagem", que são aparatos feitos para filtrar a lama, passando-a por vários estratos, ou peneiras, de modo a separar areia, lama, água e pedriscos, nos quais, se houver ouro, o mercúrio fica amalgamado. No processo, as pepitas de ouro, engrossadas pelo metal, ficam visíveis e são retiradas. O resto é jogado diretamente na natureza e sem nenhum tratamento, inclusive as sobras de mercúrio.

Nos pequenos garimpos artesanais, o garimpeiro retira a areia e os pedregulho do fundo dos rios e descarta manualmente os pedriscos maiores, mais fáceis de identificar. Há um ponto, porém, além do qual o garimpeiro não tem mais condições de separar, a olho nu, a pequena pepita de ouro dos demais materiais retirados do rio. Aí entra o mercúrio. Jogado nos materiais restantes, ele aglutina o ouro, gerando pepitas maiores, que o garimpeiro pode manusear e separar. O mercúrio se torna, assim, um insumo tão vital para o garimpo quanto o combustível que abastece as máquinas.

A última fase consiste na separação do mercúrio, para que reste apenas o ouro puro. Essa separação é feita mediante a queima do mercúrio, que vaporiza a trezentos e cinquenta e cinco graus Celsius, enquanto o ouro, mais resistente à temperatura, vaporiza a mil e sessenta e três graus. Para separar um do outro, basta aquecer o aglomerado até uma temperatura superior ao limite de vaporização do mercúrio. O gás de mercúrio é lançado à atmosfera sem qualquer tratamento, para depositar-se, tão logo esfria, na própria corrutela, na barraca onde foi feita a queima, nas roupas, nas pessoas e nas árvores adjacentes. O que fica no cadinho é ouro puro, o que fica depositado ao redor é veneno.

O mercúrio é um metal que não se dissolve naturalmente. Quer sob a forma líquida, quer como gás, após a queima, vai-se depositar em vários lugares, inclusive no fundo dos rios, onde contamina os pequenos moluscos e, a partir deles, toda a cadeia alimentar, até o homem. O envenenamento por mercúrio é conhecido como doença de Minamata, em referência à cidade homônima, no Japão, na qual a população sofreu as consequências catastróficas de um derramamento de mercúrio no mar, na primeira metade do século passado.

Minamata é uma aprazível cidade à beira-mar, na ilha japonesa de Kyushu, que, há mais de cinquenta anos, viveu a primeira grande tragédia de poluição ambiental do século vinte. Entre 1932 e 1968, a empresa Chisso, companhia petroquímica local e grande fabricante de plásticos, lançou ao mar, na baía de Minamata, um total de cerca de vinte e sete toneladas de mercúrio orgânico. O metal foi absorvido pelos peixes que eram, à época, o principal produto de consumo da região, sendo amplamente utilizados para alimentação local e para comércio com as outras cidades da ilha de Kyushu.

Os sintomas do envenenamento por mercúrio começaram a aparecer logo nos primeiros anos do despejo, mas foi somente em 1968 que a empresa Chisso assumiu a responsabilidade e interrompeu o descarte de mercúrio nas águas da baía de Minamata. Desde então, novecentas pessoas morreram e mais de duas mil sofreram sintomas da doença.

É por causa do mercúrio e da doença de Minamata que o garimpo artesanal é proibido. Quando o garimpeiro brasileiro entra na Guiana Francesa, comete apenas um ilícito administrativo de imigração. Quando entra em um parque amazônico da Guiana Francesa, passa a cometer uma contravenção penal, em desobediência às leis de proteção das florestas nacionais. Mas, quando transporta ou usa o mercúrio *in natura*, está envenenando rios e gente. É crime, e grave.

Não há garimpo sem mercúrio. Por isso, comerciantes que abastecem os garimpos transportam, sempre, as bombonas de mercúrio bem abastecidas, pois, junto com o combustível para os motores, é o produto mais valioso do garimpo depois do próprio ouro.

Sendo a madrinha de Dendy uma pequena comerciante de garimpo, minha melhor aposta para localizá-la e desatar os nós górdios do passado da menina era começar as buscas pelo Oiapoque e, também, por Vila Brasil.

Naquela mesma tarde, tentei falar com o juiz de menores em Oiapoque. Inútil. O juiz não estava lá. A funcionária do cartório judicial me explicou que ele tinha sido lotado lá, sim, e que havia tirado uma licença para fazer mestrado no Rio de Janeiro. Isso era relativamente comum no Oiapoque.

Juízes e promotores lotados na comarca de Oiapoque, considerada de difícil provimento, recebiam diversos benefícios, que lhes aumentava bem os salários. A prática de muitos juízes, no entanto, era assumir a comarca, ficar lá por um curto período de tempo, o suficiente para justificar a inclusão dos benefícios na remuneração mensal. Isso posto, tratavam de tirar férias acumuladas ou licenças para fazer alguma outra coisa, em geral, mestrado ou doutorado, que, desde antes da lotação, já tinham engatilhado em alguma universidade. Essa prática gerava longos períodos sem juiz na comarca, com o Judiciário imobilizado. As autoridades do Judiciário e do Ministério Público não sabiam dessa manobra, de sorte que o Oiapoque seguia sem a prestação de justiça por semanas, e até por meses.

Meu diálogo com o secretariado do Fórum, por telefone, podia ser mais ou menos assim:

- O senhor juiz está aí?

- Está. Só que não veio.

- Vai vir quando?

- Depende.

- Depende de quê?

- Da defesa do doutorado dele.

- A defesa da tese é para quando?

- Não sei.

- Quem é que sabe?

- A faculdade dele lá do Rio de Janeiro. É onde ele está defendendo a tese.

- O juiz do Oiapoque está no Rio de Janeiro fazendo doutorado? E nós, como ficamos?

Houve muitos juízes que, sim, permaneceram na cidade por algum tempo e trabalharam com afinco e com grande proveito para a comunidade, mas houve outros para os quais Oiapoque, comarca para onde vinham apenas quando era impossível evitar, foi apenas um degrau. Em tais casos, a Polícia Federal e eu mesma, desde o Consulado em Caiena, fazíamos o possível para cumprir a lei e atender à população, mesmo nas ausências do juiz ou do Ministério Público.

Como, naquele momento, nem juiz nem promotor estavam ao meu alcance, solicitei diretamente à Polícia Federal que fizesse novas buscas em Oiapoque e Vila Brasil, para tentar encontrar a tal madrinha de Dendy. Dei os dados que eu tinha: uma mulher, sem descrição conhecida, comerciante de garimpo, chamada de dona Sinhá, o que possivelmente seria mais um apelido do que um nome. Disse também que a mulher teria como namorado, ou comprador de ouro, quiçá ambos, um senhor chamado Antônio ou Antonho. Dona Sinhá ia e voltava dos garimpos na Guiana Francesa por Vila Brasil, acompanhada por uma menina moreninha, miúda, olhos e cabelos pretos, chamada Dendiara ou Dendy.

Não era muito, admito. Quando terminei de fazer a descrição, pelo telefone, para o plantonista da Delegacia da Polícia Federal em Oiapoque, o policial suspirou, desanimado.

– Vou levar para o delegado para ver se ele determina a diligência. Mas a senhora sabe que não vai ser fácil, né? A descrição que a senhora está me passando serve para quase todo mundo aqui no Oiapoque.

– Sei, sei. Positivo. Mas conto que os senhores vão fazer uma forcinha.

Há um número razoável de pessoas, homens e mulheres, que viajam diariamente pelo Rio Oiapoque, entre os garimpos do sul da Guiana Francesa e as localidades brasileiras da calha do rio Oiapoque, levando víveres, combustível e mercúrio. O tráfico de abastecimento dos garimpos era intenso e feito por homens e mulheres tão comuns como dona Sinhá, a madrinha, e seu Antonho. Não foi surpresa para mim quando a Polícia Federal me disse, dias mais tarde, que não tinha encontrado ninguém com aquelas características e nada tinha para reportar sobre o assunto.

– Negativo, dona cônsul.

Se em Oiapoque já era difícil, procurar a madrinha nos garimpos ia ser muito mais complicado. Não poderia mais contar com os meios oficiais, pois a Polícia Federal não está bem implantada nas fronteiras amazônicas do Brasil. São poucas delegacias, em geral, pequenas, com um mínimo de equipamento para trabalhar. Em Oiapoque, os agentes da única delegacia se esforçavam para controlar a cidade e o tráfico de mercúrio. Acredito que conseguiam, ao menos, em parte.

Já controlar o distrito de Vila Brasil, a montante do Rio Oiapoque, encravada em pleno Parque Nacional das Montanhas do Tumucumaque, era quase impossível. Quase impossível também era controlar o vilarejo de Ilha Bela, situado em três pequenas ilhas na foz do arroio Sikini, também no lado brasileiro do Rio Oiapoque.

Nem a Polícia Federal nem o Exército brasileiro têm condições de policiar adequadamente a fronteira naquela região. Vila Brasil e Ilha Bela são um território quase sem lei, onde vale o poder do mais forte, do que tem mais ouro para comprar ou vender. Ou de quem tem mais pistoleiros, o que geralmente é a mesma coisa.

Uma das causas da desordem é a falta de ação articulada de instituições do Estado brasileiro. Como Vila Brasil está dentro do Parque Nacional das Montanhas do Tumucumaque, teoricamente não deveria existir, visto que a lei brasileira proíbe a presença humana dentro dos parques. Os órgãos de fiscalização, tais como a Polícia Federal e o Instituto Chico Mendes de Biodiversidade, consideram Vila Brasil uma comunidade irregular, à margem da lei, e relutam em estender-lhe os serviços próprios do poder público.

Quando o Parque Nacional das Montanhas do Tumucumaque foi criado, em 2002, já havia pessoas morando lá e ninguém as retirou. O casario que deu origem à vila teria surgido, segundo relatos, nas décadas de 1970 e 1980, mas as primeiras notícias de povoamento na região são ainda mais antigas e datam da década de 1930. Com base nessa anterioridade, os habitantes de Vila Brasil entendem que têm direito sobre a terra onde moram e, se erro houve, foi não tê-los levado em consideração quando o parque foi criado. Teimosamente, lá permanecem.

Com a descoberta de ouro na região, Vila Brasil, sem a presença de nenhuma instituição estatal de controle, transformou-se rapidamente em entreposto comercial dos garimpos e de contrabando de mercúrio. Não era essa a vocação do vilarejo, surgido do comércio com os índios Waiãpi e da pequena agricultura de subsistência. A ausência do Estado se transformou em oportunidade e o poder do ouro fez o resto. Além de Vila Brasil, surgiu, dentro do Parque do Tumucumaque, o vilarejo de Ilha Bela. O arroio Sikini se lança no Oiapoque, formando, em sua foz, as três pequenas ilhas sobre as quais, erguidas em palafitas, está o casario de Ilha Bela. Ambas vilas prosperam à margem da lei.

Do outro lado do rio Oiapoque, praticamente em frente à Vila Brasil, mas já na Guiana Francesa, está a vila de Camopi, na foz do rio do mesmo nome. Localiza-se dentro do Parque Amazônico da Guiana, a versão espelho do parque brasileiro das Montanhas do Tumucumaque.

O modelo de gestão de parques nacionais da França é diferente do brasileiro. No Brasil, é proibida a circulação dentro do parque. Na França, há uma divisão: na região dita "do coração do parque", é proibida a presença humana; já na região chamada de "área de adesão", é permitido haver moradores.

No caso do Parque Amazônico da Guiana Francesa, a vila de Camopi está na área de adesão e recebe todo apoio do governo francês. Tem estação de tratamento de esgoto e água encanada. Tem posto de saúde, correios, duas escolas e um ginásio poliesportivo. Tem pista de pouso, Gendarmerie e um quartel da Legião Estrangeira nas proximidades. E um gigantesco baobá de cinquenta metros de altura no meio da praça.

Este era o território no qual eu iria procurar pela madrinha. Aliás, dona Sinhá.

Como a polícia não sabia nada, entendi logo que aquele tipo de investigação correria por minha conta. Eu só poderia contar com o auxílio da rede de informantes do Consulado, que era formada, naquela época, por um grupo heterogêneo de ex-garimpeiros a quem eu havia ajudado e que me deviam favor. Contava também com pequenos empresários locais, que dependiam do Consulado para sensibilizar o poder público brasileiro para as carências da região e, por isso, estavam sempre dispostos a me ajudar.

Menos ostensiva e menos convencional, eu contava, ainda, com as informações dos jovens alunos da Universidade do Amapá, que estudavam no *campus* avançado em Oiapoque e tinham bons trabalhos publicados sobre a região. Muitos deles eram de famílias locais e conheciam os meandros do comércio com os garimpos clandestinos, produzindo teses muito equilibradas entre o conhecimento realista de campo e a bagagem teórica de leituras acadêmicas. Por descaso ou por preconceito, poucos davam a devida atenção ao que eles escreviam e, muito menos, a comunidade acadêmica lhes atribuía a importância que, a meu ver, merecem. O conjunto de informações de que dispunham sobre aquele pedaço da Amazônia, no entanto, era único e da melhor qualidade.

A irmã de uma dessas alunas morava em Vila Brasil e fazia carne-seca em casa, para vender aos garimpeiros. Dona Catú, como era conhecida, vendia mantas de carne secada ao Sol no quintal da própria casa. Enquanto os clientes aguardavam, servia uma cachacinha com ervas, que soltava a língua do freguês. As conversas do alpendre da casa eram um repositório de informações que poucos agentes profissionais poderiam reunir.

Ainda mais discreta era a rede de informantes indígenas, cujas informações eu tinha acesso por intermédio de meu amigo, o pajé Petalacinho – pelo menos era a pronúncia, em português, do nome indígena do pajé, que ninguém sabia dizer como era originalmente. Mas, como Petalacinho, o pajé era conhecido e respeitado no vale do Rio Oiapoque, apesar, ou principalmente, porque se opunha ao consumo de álcool pelos indígenas.

Muitos índios que conheci naquela região se deixavam arrastar pelo alcoolismo. Resistir a isso era um combate solitário, protagonizado pelo pajé Petalacinho. Embora muitos índios não deixassem de beber por causa dele, tinham-lhe um respeito de que poucas outras autoridades desfrutavam. Pajé Petalacinho gostava de mim. Sabia que o combate ao alcoolismo entre os índios era um ponto que eu sempre sublinhava, em todos os meus relatórios. Brasília não respondia, mas nunca desisti e o pajé sabia disso. Sabia, também, que eu negava atendimento a qualquer índio que aparecesse bêbado no Consulado. Cada um de um jeito, combatíamos nosso bom combate.

Sempre de calção, camisa aberta no peito e colar de contas graúdas, fazendo uma volta larga em torno do pescoço, pajé Petalacinho, cuja idade ninguém sabia, aparentava ser um velhinho curvado, com poucos dentes, a pele tão curtida de Sol que parecia couro, caminhando devagar com as pernas tortas pelas ruas de Vila Brasil. A aparente fragilidade, porém, desaparecia quando ele enfrentava o mato ou o rio. Além de excelente remador, era capaz de caminhar horas a fio na floresta mais fechada, resistente ao calor e ao cansaço. E conhecia o mato. Pajé Petalacinho lia a natureza como se fosse um livro:

– A senhora se atente, por aqui não vá não, lá adiante tem macaco com cria. Vamos por ali.

E apontava uma trilha quase invisível no meio da mata, que só os olhos treinados do índio viam.

– Como é que o senhor sabe que tem macaco com cria?

– Ouvi o macaquinho bebezinho pedindo peito.

Eu nunca ouvia nada. A mata está cheia de sons, mas nenhum era conhecido. Escrutinando a floresta com o binóculo, porém, eu podia ver, de longe, o grupo de macacos e, olhando melhor, era possível notar que formavam um escudo protetor ao redor das fêmeas com cria. Chegar perto deles, com os filhotes tão novos, era arriscado. Se o pajé não me avisasse, eu iria passar embaixo da árvore dos macacos e certamente seria atacada pelos machos que protegiam o bando.

Pajé seguia explicando a floresta:

- Da flor de tambaá pro mato mais graúdo, é terra seca. Pode pisar. Da flor de tambaá pro lado do mato mais baixo, é brejo. Não pisa, porque afunda.

E era isso mesmo. Os arbustos de tambaá[6] formavam uma linha de flores coloridas, fácil de identificar, separando a terra firme, onde vicejavam arbustos maiores, do charco de areias movediças, nos quais cresciam plantas mais franzinas. Apenas a ligeira diferença de tamanho das plantas indicava a localização do largo poço de lama movediça. Na aparência exterior, um pouco maior ou um pouco menor, era tudo mato e tudo era verde. A linha que demarcava o perigo era a das flores do tambaá.

Todo o escudo das Guianas é pontilhado de sorvedouros de areias movediças. O tipo de solo, poroso, forma poços que, com o tempo, se enchem de terra e de folhas em decomposição. A água, porém, se acumula e não se infiltra pelas rochas do subsolo, fazendo com que aquela lama se torne uma gelatina escura e fina. Tinha uma graminha miúda por cima. Mas, se alguém pisasse na superfície, afundava inapelavelmente.

Dizia a lenda que pajé Petalacinho, certa vez, fora expulso de uma aldeia por um missionário que o considerava arauto de satanás, devido às suas práticas xamânicas. Petalacinho entrou correndo no mato e o missionário atrás, com uma machadinha na mão, ameaçando extirpar-lhe o diabo do corpo fosse como fosse. Na correria, pajé Petalacinho chegou a uma zona de areias movediças, circundadas por flores de tambaá. Conhecedor da floresta,

6 Planta que a autora desconhece. Reproduz-lhe o nome tal como o ouviu de lideranças indígenas. Eventualmente, seria uma espécie da família das Aroideas, das quais a mais conhecida é o tambatajá, muito usado na decoração de casas e jardins. Existem várias espécies de tajá, às quais as diversas etnias indígenas atribuem poderes mágicos ou medicinais especiais.

pulou para perto do poço de solo movediço, deu uma pisada forte no tambaá e jogou o corpo em cima dos arbustos mais altos, que cresciam em um dos lados das flores. Ficou todo arranhado, mas o pé encontrou solo firme e o pajé continuou correndo.

Logo atrás, o missionário pisou também no tambaá, mas, por instinto, deu a segunda pisada sobre as plantas menores, por onde lhe parecia mais fácil correr. Embaixo dos pequenos e inofensivos arbustos, porém, encontravam-se as temíveis areias movediças. A perna esquerda do missionário foi engolida imediatamente até o meio da coxa. Desequilibrado, o homem caiu de lado, sem controle, fazendo com que a metade do torso e o braço esquerdo afundassem também, enquanto as areias regurgitavam bolhas de lama negra, em um gargarejo sinistro.

Com o braço direito, o missionário conseguiu segurar-se em um cipó que, para sua sorte, crescia de uma árvore próxima e passava um pouco acima da superfície do sorvedouro. Assim, parou de afundar, mas não conseguiu sair sozinho da armadilha de lama negra e viscosa. A areia movediça, ou melhor, a lama pegajosa que forma os sorvedouros na região das Guianas, puxa o corpo para baixo, exercendo uma espécie de sucção contra a qual é difícil lutar. O missionário valeu-se da boa fortuna de ter encontrado aquele cipó ainda firme sobre o brejo, mantendo-se com meio corpo para fora, até que, alertadas pelos gritos de socorro, as pessoas da aldeia viessem puxá-lo para as margens. Além da dignidade, o missionário perdeu a machadinha, esta sim sorvida rapidamente para o fundo do poço, dela restando apenas o gorgolejo funesto de uma bolha de ar aflorando à superfície.

Pajé Petalacinho havia sumido no mato. Se quisesse matar o missionário, podia tê-lo feito facilmente, bastando quebrar o cipó rente à árvore onde crescia. Com o cipó solto, o missionário teria poucos segundos de vida. Pajé Petalacinho, porém, não era homem de vinganças. Considerava os missionários uns seres pouco evoluídos, que contemplavam o rio, a floresta e os bichos sem entender – oh, atraso - a obra magnífica do Grande Espírito, que os missionários teimavam em esconder dentro de um livro. O Grande Espírito operando suas maravilhas ao redor deles, e os homens brancos com o nariz virado para dentro de um livro! E, além disso, usavam muitas roupas. E viviam fedendo. Mas o pajé não iria afundá-los na lama negra por causa disto.

Sempre contei muito com a *expertise* de pajé Petalacinho. E confiava muito nas informações que ele obtinha com os índios que o respeitavam.

A rede de informantes do Consulado não era grande, não era paga e corria bem longe dos desconfiados oficiais da ABIN, a Agência Brasileira de Inteligência do governo federal e dos órgãos de informações da Polícia Federal e das Forças Armadas. Como eu não era portadora de arma e não prendia ninguém, não metia medo. Mas tinha bons contatos com as autoridades francesas e todos sempre tinham a expectativa de que, algum dia, poderiam precisar de minha intervenção em Caiena. Construída com base em lealdades mútuas, minha pequena rede se provava muito efetiva. Era com ela que eu iria contar para tentar desvendar o caso de Dendy.

Mas isso seria mais tarde, pensei enquanto caminhava com a menina pelo corredor do hospital. Toda rede de pequenos informantes, mergulhados na realidade da fronteira e do garimpo, mas desconectados entre eles, teria que ser movimentada mais adiante. No seu tempo. Por enquanto, tinha que concluir minha tarefa da manhã e entregar Dendy sã e salva na saleta de brinquedos da pediatria. O resto viria depois.

Meu passeio com Dendy pelos corredores do hospital central de Caiena terminou, naquela manhã, com a periquitamboia de pano reencontrada, entre sorrisos, no balaio da enfermaria pediátrica e com o mergulho instantâneo no mundo encantado dos desenhos infantis expostos na televisão. Ali, naquele momento, eu desaparecia da vida dela, como desapareciam todos os adultos e o seu universo incompreensível. Até que a enfermeira fosse, no final da tarde, buscá-la de volta para a enfermaria das adultas. O mundo de Dendy era risonho e bom.

CAPÍTULO 4

Chocolate

Passaram-se vários dias e eu não conseguia obter nenhuma informação de Dendy. Dona Nadália, do Conselho Tutelar, sugeriu dirigir a conversa para áreas do interesse mais imediato de uma criança, como festinha de aniversário, celebrações de Natal ou, no caso, a festa de Nossa Senhora de Nazaré.

A festa do Círio de Nazaré, originada e muito concorrida no Pará, também é uma forte devoção dos amapaenses, celebrada em um grande evento religioso e popular. Além do feriado, há de se contar com as romarias, os fartos almoços de comida típica e a animada reunião das famílias. As crianças, tradicionalmente, também recebem presentes, feitos de uma madeira macia e sem farpas, típica da região, chamada de miriti.

Miriti, ou buriti, é uma palmeira que pode atingir os trinta metros de altura. Produz uma madeira suave e resistente, usada também na construção civil e de barcos. Os brinquedos de miriti são feitos para presentear as crianças durante o Círio de Nazaré e podem ser encontrados em barraquinhas de rua durante as celebrações. Do mesmo miriti também são feitos muitos dos ex-votos que os fiéis deixam na basílica. Era um bonito artesanato e eu tinha em casa alguns brinquedos. Levei um para Dendy.

Na manhã seguinte, mal havíamos saído da enfermaria das adultas, dei o brinquedo de miriti a ela e perguntei:

– Você já foi na festa do Círio?

Olhou-me com ar de interrogação.

- Do Círio de Nazaré, da romaria de Nossa Senhora... tem a romaria, muito povo na rua, a missa, a festa, com comida. Tem até presente para as crianças... como este aí, de madeira, bem bonitinho.

- Sei não.

- Você nunca foi à igreja?

- Fui. Madrinha mais eu. Madrinha me benzeu.

- Não entendi. Madrinha te benzeu? Como é que foi?

- Madrinha me levou na igreja pro padre me benzer, mas o padre tava longe porque tinha muita gente e madrinha me benzeu ela mesma. Depois a gente saiu correndo.

- Era festa da igreja? Tinha povo na rua? Cantoria?

- Era. Era procissão com cantoria. O povo todo na rua. Mas sei não se era a festa que a senhora falou.

- Vocês não ficaram na igreja?

- Não. Madrinha disse que tinha gente olhando pra ela e querendo roubar o ouro dela, e corremos dali.

Fazia sentido. A madrinha devia vender seus produtos no garimpo e receber em ouro, que, depois, vendia na Vila para obter dinheiro e repor o estoque; em seguida, viajar de novo para o garimpo. Como todo mundo que trabalha com ouro, a madrinha comercializava o metal em dinheiro vivo e devia ser muito desconfiada. A qualquer momento, poderia ser assaltada.

Dendy devia ter sido levada pela madrinha para uma romaria de Nazaré, em Vila Brasil ou em Oiapoque. Todo amapaense cultiva sua devoção por Nossa Senhora de Nazaré e vai à procissão do Círio. Gente do garimpo vai também. Menos, mas vai. A madrinha deve ter ido e levado Dendy para receber a bênção, na igreja. Porém, mesmo dentro da igreja, teria visto alguém suspeito ou alguma coisa que a fez temer por um assalto e, assim, correr em retirada, antes do fim da missa. Saiu às pressas da igreja, sem poder esperar pela bênção final.

Uma parte da invisibilidade atual da madrinha vinha, sem dúvida, de seus hábitos esquivos, que certamente decorriam do fato de que ela transportava ouro e, depois de vendê-lo na Vila, usava dinheiro em espécie, que carregava escondido no sutiã ou na barra das calças. Toda pessoa que trabalha com garimpo é desconfiada, porque traz consigo um pequeno tesouro, seja uma caixinha com dez gramas de ouro puro, seja dinheiro vivo obtido com a venda do ouro. Pode ser roubada em poucos segundos e perder as economias de meses de trabalho. Conta bancária? Nem pensar. Quem vive com garimpo clandestino não tem conta bancária. Não deixa rastro.

A madrinha, anotei mentalmente, preocupou-se em benzer Dendy. Não teve tempo de ouvir a bênção do padre, ela mesma benzeu a menina. Devia gostar dela. Estranha maneira de gostar, mas, enfim. Ficou visto que, na festa do Círio de Nazaré, Dendy mal esteve. Não servia como referência de "folguedos infantis", no dizer de dona Nadália.

Dendy tinha ares de indiazinha e cheguei a pensar em perguntar se ela já tinha ido ao Turé, a grande festa dos índios da região. O Turé vem a ser uma festa de agradecimento às entidades invisíveis que vivem no outro lado, ou no "outro mundo", no mundo dos Encantados, como explicam os índios. Tais entidades são chamadas de Karuãna e, por meio dos pajés, fazem curas e distribuem benesses, como colheita farta, parto saudável ou proteção contra picada de cobra. O Turé é, por excelência, a festa de agradecimento aos Karuãna pelos benefícios recebidos.

Em Oiapoque, onde coexistem várias etnias indígenas, o Turé de todas as tribos se realiza, comemorativamente, no Dia do Índio, em 19 de abril, e, depois, na data tradicional dos povos da floresta, que é durante a lua cheia de outubro. Cada etnia tem o seu próprio Turé, em geral, associado às festas católicas. Em maio, os índios Karipunas realizam o Turé da festa do Espírito Santo. Em agosto, os Galibi-Kali'na fazem o Turé da festa de Santa Maria. Já os índios Palikur associam seu Turé aos cultos evangélicos.

A presença dos índios é tão forte na região que existe o Museu dos Povos Indígenas do Oiapoque, também conhecido como Museu Kuahí. Embora pertença à Secretaria de Cultura do Amapá, ele é gerido pelos próprios indígenas. Uma das exposições organizadas pelos índios, intitulada "Eles Partiram para o País dos Brancos – 1882 a 1892", foi tão importante que acabou sendo levada para Paris, onde foi apresentada no Musée National des Arts et Traditions Populaires e muito bem recebida pelo público.

Não se pode descartar a ascendência indígena das populações locais.

Perguntei, então, à Dendy:

- Do Turé, já ouviu falar? Já foi na festa do Turé?

- Sei não, senhora.

- Festa dos índios. Juntam muitos índios, os da cidade e os das aldeias no mato... tem dança... comida... é bom.

- Sei não, senhora.

Não. Turé? Nem pensar. Melhor inquirir Dendy sobre o aniversário dela. Aniversário todo mundo faz. Especialmente criança.

- Qual é o seu dia do seu aniversário?

- Dezembro... dia 6 - gaguejou.

Não me surpreendeu que Dendy não tivesse certeza sobre o dia de seu aniversário. Aquela menina tinha tido uma vida tão atípica, tão diferente das outras crianças, que nada do que vinha dela poderia surpreender. Pelo menos, era isso que eu achava.

Após alguns instantes, Dendy continuou:

- Madrinha disse que era no dia 6 de dezembro e fez bolo pra mim.

O mês de dezembro também ainda estava longe. Mesmo assim, resolvi arriscar:

- Vou fazer uma festinha de aniversário para você este mês.

- Mas não é meu aniversário agora...

- Não é mesmo. Mas, quando for, em dezembro, acho que eu vou estar viajando. Daí, vou fazer logo, acredito que semana que vem.

- Vai ter bolo?

- Ah, vai!

- De chocolate?

- Muito chocolate - prometi. E este aí – apontei o brinquedo de miriti – já é um presente adiantado.

Dendy ficou animada, inquiriu se a madrinha podia vir ao aniversário dela. Era tudo o que eu queria:

- Se você me disser onde é o endereço dela, a gente convida, claro.

- Mas eu não sei. Fica no garimpo.

- Você sabe o nome do rio do garimpo?

– É um igarapé. No mato. Sei o nome não.

Um igarapé na Amazônia. Um igarapé é um riacho, algo maior do que um córrego, e alguns igarapés podem ser bem maiores, mas, no mundo dos grandes rios da Amazônia, um igarapé sem nome é insignificante. É lugar nenhum.

– E o rio onde vai dar o igarapé, você se lembra de ouvir falar?

– Lembro não. Uns falavam de subir para o Approuague, outros, de sair pelo Oiapoque. Dependia.

– Dependia do quê?

– Da chuva. Da suba da maré. Do piloto. Piloto bom vai por um lado, mais rápido. Piloto ruim tem medo, vai por outro, mais fácil de levar a voadeira, mas demora mais. E tem que levar a canoa nas costas ou puxada no carrinho para passar nas pedras. No Oiapoque tem cachoeira...

Dendy, como todo caboclo da floresta, conhecia os nomes dos rios. Os rios são as grandes vias de comunicação da Amazônia e circular por eles é algo que uma criança ribeirinha faz desde a mais tenra idade. A garota, porém, desconhecia o nome do igarapé às margens do qual situava-se o garimpo. Inicialmente, pensei que não queria dizer. Ao longo de minhas conversas com ela, porém, fui sendo levada à conclusão de que ela não sabia. Talvez, o igarapé nem nome tivesse. Talvez ela nem soubesse caso o igarapé sem nome fosse tributário do Oiapoque ou de outro grande rio.

O garimpo devia ser, pois, às margens um igarapé de nome ignorado, jamais visto e jamais mapeado, entre os rios Approuague e Oiapoque. Desaguava em algum deles. Dendy não sabia em qual. Os rios Approuague e Oiapoque são quase paralelos e correm, grosso modo, de sudoeste para nordeste, de dentro do Parque Amazônico da Guiana Francesa. Ambos desaguam no Atlântico. O Oiapoque nasce nas últimas montanhas do Tumucumaque, fruto da junção de outros pequenos rios, entre eles, o prateado Keriniutu. Desce entre pedras e pula em cachoeiras ao longo de seu curso. Só fica totalmente navegável da cidade de Oiapoque até o mar.

Já o Approuague corre integralmente no território da Guiana. Nasce no sopé das montanhas do Inini, que são um pequeno maciço recoberto por florestas, pouco explorado, dentro do Parque Amazônico da Guiana Francesa. Ao se lançar dos últimos contrafortes daquelas montanhas, o Approuague também forma algumas quedas d'água e várias corredeiras velozes. Em toda a região, há dezenas, senão centenas de igarapés de todos os tamanhos, uma boa parte dos quais deságua no Approuague. Os franceses também conhecem o Inini pelo nome de Emerillon, o mesmo que deram a uma antiga tribo de índios da região. Inini, porém, é o nome mais conhecido pelos brasileiros.

A região tem muitos garimpos clandestinos, todos explorados por brasileiros. Foi naquele imperfeito quadrilátero, entre o maciço do Inini e o mar, de um lado, e entre os rios Approuague e Oiapoque, de outro, que começou a corrida do ouro na Guiana Francesa, nos primeiros anos do século passado. A exploração do ouro foi, mais tarde, proibida pelas autoridades francesas e, em seguida, toda a atividade econômica dentro do parque ficou interditada, exceção feita às atividades de subsistência das tribos indígenas, como roças, casas de farinha e produção de canoas artesanais.

A corrida do ouro, porém, presenteou a região com os garimpeiros clandestinos brasileiros, que começaram a chegar no final da década de 1970 e não cessaram até hoje. De lá para cá, certos fatores, como o esgotamento da mineração em Serra Pelada, por exemplo, deram origem a novas ondas de imigração clandestina de garimpeiros para a Guiana Francesa.

Em um lugar tão vasto, coberto de floresta, pontuado, aqui e ali, por garimpos grandes e pequenos em total clandestinidade, é difícil localizar alguém. Sem mais informações, é impossível saber em qual deles ficava o garimpo onde moravam a madrinha e Dendy.

Se não era perto do rio Oiapoque nem do rio Approuague, podia ser floresta acima, perto do maciço do Inini. Perguntei:

- O igarapé da corrutela onde você morava era das montanhas do Inini?

Dendy hesitou, mas respondeu:

- Não, senhora. Era não.

Mas eu sabia que podia ser. Os três segundos de hesitação me indicavam que o nome significava algo para Dendy.

Interrompi as perguntas. Já tinha notado que não podia emendar uma pergunta na outra, pois acabava assustando a pobre garota, que se calava, com olhar ao chão, desconfortável. Ela ficara subitamente hesitante. Certamente, havíamos localizado um ponto preciso, ou seja, o maciço do Inini. Uma região inóspita, montanhosa, de floresta densa e escura, com várias nascentes que formam muitos dos igarapés e rios da região, mas de difícil acesso.

O Inini é a terra da onça-preta. A onça-pintada e a onça-preta são dois tipos distintos de animais, que pertencem, no entanto, à mesma espécie zoológica, que é a *Panthera onca*. Por viverem em florestas fechadas, algumas linhagens de onças-pintadas foram se adaptando, lentamente, geração após geração, ao ambiente mais escuro e produzindo mais e mais melanina, até surgirem as onças-pretas. O mimetismo com o ambiente da mata densa, onde o Sol mal penetra, é perfeito. Na savana ou onde a floresta é mais rarefeita, pontifica a onça-pintada. No Inini, as onças são negras.

Dendy não mencionou a floresta e as montanhas do Inini, mas eu vi, pelo olhar dela, que reconhecera o nome. Ao mesmo tempo, parecia ter entendido que não seria possível encontrar a madrinha e convidá-la para o aniversário. No fundo, acho que sabia que não iria mais rever a madrinha. Não sei se estava conformada ou se não queria pensar nisso. Ou talvez fosse apenas uma criança de dez anos de idade, sem noção do que estava vivendo.

Perguntei a Dendy se ela tinha saudade da mãe, lá do Curiaú.

- Tive, muita... agora tenho só um pouco de saudade...

- Antes tinha mais? Quando madrinha pegou você para morar com ela, você ficou com muita saudade de mãinha?

- Fiquei.

- E a madrinha, o que disse?

- Que criança que chora leva peia.

Certamente Dendy havia apanhado de madrinha. Levado peia, como ela disse. Por chorar, por ter saudades da família, talvez por não querer continuar com a madrinha, por querer voltar para casa. Por alguns instantes, não soube mais o que perguntar e fiquei quieta. Ela, porém, completou:

- A madrinha disse que, quando a gente tiver bastante ouro, a gente vai visitar a mãe e os meus irmãos e vai levar bastante presente pra todo mundo.

A pedagogia da madrinha. Estímulos negativos e positivos muito bem definidos, pensei.

Chegamos à pediatria. Deixei Dendy na saleta de televisão, com a periquitamboia ao lado. Ela parecia satisfeita ou, pelo menos, conformada com a ideia de não rever a madrinha no seu aniversário. A TV ligada, os desenhos em andamento, fiz Dendy sentar na poltrona determinada pela enfermagem e perguntei se estava tudo bem. Estava. A cobrinha sorridente e o brilho da telinha tinham o condão de melhorar o mundo. Antes assim, pensei.

Refiz meu caminho de volta para visitar a assistência social e negociar a festinha de aniversário de Dendy com Madame Vih. A chefe da assistência social não estava. Era cedo e ela ainda percorria as enfermarias. Voltei mais tarde.

Tentei ser diplomática e escolher o melhor momento para abordar o assunto. Regressei ao hospital ao meio-dia em ponto, sabendo que, a essa hora, a enfermagem já teria encerrado todas as atividades da manhã, e antes que começassem a receber os e-mails do Ministério da Saúde, em Paris, o que sempre sobrecarregava a chefe da assistência social. Cheguei ao hospital com antecedência e fiz o que pude para convencer Madame Vih a permitir uma festinha de aniversário para Dendy.

Eu sabia que a menina havia desenvolvido uma diabetes própria da gravidez e que o açúcar estava proibido. Minha ideia, disse à Madame Vih, era comprar um bolo dietético, na loja de produtos para diabéticos. Zero açúcar. Sabia, pelo doutor Kurten, que o bolo dietético não deveria estar totalmente proibido.

Mesmo assim, meu pleito esbarrou nas questões administrativas do hospital. A chefe da assistência social consultou, no computador, as fichas de Dendy e das outras crianças internadas na pediatria e concluiu que não era possível fazer festa de aniversário. Não era possível fazer o que quer que fosse na pediatria. Manteve-se irredutível. Saí com a negativa mais forte do que nunca. A festinha de Dendy fora definitivamente proibida. Não teve jeito.

– *Madame la Consule*, a senhora foi avisada. O hospital é grande e, para funcionar, as regras precisam ser estritas. Está na ficha de Dendy. *Non, non*, celebração de aniversário? Nem pensar.

– *Bien sûr, Madame Vih, vous avez raison*[7] – restou-me concordar.

---

7 "Certamente, Madame Vih, a senhora tem razão".

Dendy, porém, estava entusiasmada com a ideia e, a cada dia, me perguntava se a festinha de aniversário dela, com bolo de chocolate, seria naquele dia. Ou quando seria. E eu pedia paciência repetidamente.

- É hoje o meu aniversário?

- Pra semana. Hoje tenho que sair correndo do hospital porque tem tarefa me esperando lá onde eu trabalho. Hoje não vai dar.

- Oooh... - Dendy punha uma carinha infeliz.

A cena se repetia diariamente. Dendy não iria esquecer a história do aniversário. Alguns dias mais tarde, ao ver que estava perdendo a credibilidade conquistada com a menina, resolvi desobedecer Bernardette Hwa-Vih e ir em frente com a festinha. Ao sair para o hospital, no dia seguinte, passei na loja de produtos dietéticos e comprei duas fatias de bolo de chocolate.

Para entrar no hospital com as fatias de bolo, tratei de vestir, propositadamente, uma blusa larga, muito colorida, com grandes bolsos laterais e marcada por uma prega nas costas, que conferia à roupa um certo movimento. Assim, notava-se menos o volume dos bolsos, o que permitia esconder as fatias de bolo sem destruí-las. Envolvi as fatias, cuidadosamente, em papel alumínio, depositando cada uma em um dos bolsos da bata. De quebra, acrescentei ao meu contrabando hospitalar duas velinhas cor de rosa, formando o número doze, e um isqueiro.

Mal cheguei à enfermaria das mulheres e Dendy atacou:

- É hoje o meu aniversário?

Desta vez, confirmei:

- É hoje! Trouxe o bolo. Refrigerante não deu para comprar.

- E Toddynho?

Toddy é uma bebida achocolatada, e sua versão em caixinhas individuais é conhecida como Toddynho.

- Gosta de Toddynho, Dendy?

Ela gostava. Muito.

Ocorreu-me, então, comprar uma caixinha da bebida na modalidade *light*, que, certamente, deveria ter na lanchonete do hospital.

Começamos a andar e, pelas tantas da caminhada, chegamos perto da lanchonete, que ficava no fim de um corredor. Não tínhamos autorização para entrar nem sequer para passar pela porta, tendo Madame Vih tido o cuidado de desenhar um desvio expresso no mapa, para que passássemos por trás da loja. Naquele dia, porém, pedi que Dendy ficasse quietinha em um desvão do corredor, e fui sozinha até a lanchonete.

Entrei, comprei um Toddynho sem açúcar, um jornal, paguei, pedi uma informação ao atendente, que gesticulou para mostrar-me o caminho, dobrei o jornal, onde escondi a caixinha, e me preparei para sair.

Foi então que entendi por que Madame Vih não queria nem que eu passasse com Dendy pela porta da lanchonete. Havia um plantão de jornalistas no balcão do café. Repórteres e fotógrafos vinham todas as manhãs para saber de eventuais acidentes ou crimes cometidos na noite anterior. Naquela manhã, lá estavam dois deles, um de uma rádio comunitária, e outro de uma revista semanal, acompanhado pelo fotógrafo, os três fazendo ponto na lanchonete. Tomavam café e conversavam com quem passasse. Bernardette Hwa-Vih sabia de tudo.

Mal dobrei o jornal com o Toddynho dentro e fui logo reconhecida por um dos jornalistas. Era Xavier, repórter de uma revista semanal de certa importância em Caiena. Conhecia bem Xavier Ménéaux, pois costumava recebê-lo com frequência em meu gabinete. Entre outros assuntos, ele acompanhava temas do Consulado e do interesse da comunidade brasileira na Guiana Francesa. Visitava com frequência o Consulado e tinha feito diversas entrevistas comigo e sempre falávamos em francês, mas tenho certeza que Xavier compreendia perfeitamente o português.

Jovem, ele não devia ter mais de 25 anos. Nascera em Guadalupe, de uma família conhecida na sociedade local. Estudara Letras em Aix-en-Provence, no sul da França, de onde regressara um ano antes, sem ter terminado o curso. História de um romance mal explicado, de um final de amor abrupto e violento. Ninguém sabia ao certo. A família de Xavier, todavia, achara prudente que ele deixasse Guadalupe.

Era bom jornalista. Sabia fazer as perguntas certas, estudava com profundidade os temas da entrevista e escrevia bem, em um invejável francês, claro e sofisticado. Vestia-se com descuidado apuro, moderno e elegante. Era impossível não gostar de Xavier

Ménéaux, de seu sorriso aberto, raciocínio rápido e de seu constante bom humor.

Ao mesmo tempo, era implacável. Sabia ser envolvente e arrancar respostas dos entrevistados. Classificava Xavier na categoria dos jornalistas perigosos. E lá estava ele, na lanchonete do hospital, xícara de café em punho e radar ligado, farejando notícias. Quando me viu, lançou-se no encalço das minhas novidades. O que quer que trouxesse a cônsul do Brasil ao hospital tão cedo era notícia importante. Tinha que ser.

Perguntou logo o que tinha acontecido para eu estar no hospital antes das oito horas da manhã. Nem horário de visitas era. Desconversei. Garanti que precisava falar com um paciente brasileiro, internado sem documentos. O que, aliás, era verdade. Acrescentei que viera cedo para não atrapalhar o expediente do Consulado. "Estamos sempre com poucos funcionários para muito trabalho", você sabe. A parte da lotação insuficiente do Consulado também era verdade.

Ele ouviu, mas não se deu por convencido. O faro do repórter era aguçado. Estaria ele farejando alguma coisa escandalosa, uma grande manchete? Certamente. Tentei mudar de assunto, mostrar pressa, dar respostas genéricas, sem êxito.

Ainda desconversava, esgotando o meu estoque de desculpas, quando o comissário Latour entrou na lanchonete e se aproximou do balcão. Hesitou quando viu o jornalista, mas aconteceu o que eu previra: Xavier me deixou momentaneamente de lado para cumprimentar Latour e, mão no braço do comissário, tentar mantê-lo ao alcance até terminar a conversa comigo. Enquanto Latour, com pouca sutileza, tentava desembaraçar-se da mão e das primeiras perguntas do jornalista, aproveitei para escapulir.

O repórter da rádio comunitária deveria ter uma pauta específica e não estava interessado em mim. O fotógrafo que acompanhava Xavier não estava interessado em nada. Ou melhor, estava interessado na própria xícara de café. Escapei.

Encontrei Dendy onde a havia deixado, no desvão do corredor, entretida em pisar na ponta das próprias pantufas. Ela gostava daquelas pantufas.

- Tudo bem aí, Dendy?

– Comprou Toddynho? Comprou?

Confirmei que sim, que tinha comprado Toddynho. E agradeci mentalmente a providência de Madame Vih, que nos havia poupado da imprensa com a proibição de passar pela lanchonete. Caso Dendy fosse fotografada, sua história seria transformada em uma notícia capaz de atrair a atenção da mídia local. A foto de uma criança grávida, na Guiana Francesa, tinha potencial para correr pela França inteira. Uma atenção que a garota não merecia e que poderia comprometer nossos esforços para descobrir de onde ela vinha e quem a havia estuprado. Madame Vih antecipara o problema e estava jogando no meu time, pensei, com alívio.

Conduzi Dendy rapidamente pelos corredores secundários, que passavam por trás da lanchonete, e caminhamos, depois, já em passos mais lentos, até quase a pediatria. Pelas tantas da caminhada, quando julguei que estaríamos em algum ponto onde ninguém nos veria, parei, abri os dois pacotinhos com as duas fatias de bolo, coloquei uma em cima da outra, dispus, com delicadeza, as duas velinhas cor-de-rosa sobre a fatia de cima, formando o número doze, que Dendy não entendeu muito bem. Mas, como conhecia alguns números, eu expliquei e ela gostou do que ouviu.

Acendi as duas velinhas e comecei a cantar baixinho:

– Parabéns pra você, nesta data querida...

Dendy batia palmas. Ela não sabia cantar o *Parabéns pra você*, mas tentava acompanhar a canção com palmas. Deixei. Paciência. Aniversário não combina com silêncio, embora eu preferisse não chamar muito a atenção. Continuei cantando:

– ...Muitas felicidades...

Tive que acelerar no final, pois me pareceu que vinha alguém. Mas não passou ninguém e eu terminei o *Parabéns*, para a alegria de Dendy, que começou a comer a primeira fatia de bolo de chocolate. Meu plano era dar uma fatia a ela e eu comer a outra, mas o olhar de criança encantada foi tão intenso que eu não tive alternativa se não dar a segunda fatia para ela.

– Para comer mais tarde – recomendei.

– E não pode comer agora?

– Pode. Se você quiser, pode. Mas tem o Toddynho também.

Dendy quis abrir o Toddynho. Abrir e beber o leite achocolatado até a caixinha "roncar". E depois quis comer a outra fatia de bolo. Dendy era louca por chocolate.

Eu deixei que comesse tudo o que bem entendesse. Mentalmente, confiei que o bolo de chocolate fosse, de fato, zero açúcar, zero glúten, zero gordura trans, zero tudo. Que não atrapalhasse o já delicado estado de Dendy. De qualquer maneira, foram-se rapidamente as duas fatiazinhas de bolo de chocolate e o Toddynho. De uma só vez. Recolhi as velas cor-de-rosa e a caixinha vazia para dentro do jornal e direto para a lata de lixo.

Pobre Xavier Ménéaux, se soubesse como o Consulado do Brasil esconde as grandes notícias dos jornalistas.

Não fiz mais perguntas naquele dia. O nosso vínculo estava um pouco mais forte, eu sentia mais confiança de parte dela.

Dendy tagarelava, numa animação como eu nunca tinha visto. Disse que estava bom, que gostava de chocolate, que a moça (a enfermeira) não dava chocolate para ela, que ela tinha pedido, mas agora ela nem pedia mais – isso eu não sabia – e que ela não ia contar para ninguém da nossa festinha. Prometeu segredo sem que eu pedisse.

Anotei mentalmente: Dendy pode não saber ler livros, mas sabe ler comportamentos. E as estranhas reações que os adultos podem ter. Recomendei que não contasse mesmo.

Foi ver televisão satisfeita. Naquele dia, ela, de fato, não me disse nada de interesse. O brinquedo de miriti era um soldadinho com um tambor. Puxando uma cordinha, o soldado batia o tambor. Tudo em madeira, muito bem feito e cuidadosamente pintado. Dendy estava mais interessada no brinquedo do que em falar comigo. A festa e o presente de aniversário, porém, valeram-me alguma confiança. Dali para a frente, passou a reagir melhor às minhas perguntas.

CAPÍTULO 5

Uma taboca no meio

Madrinha fazia a puta - me disse, de chofre, Dendy.

A expressão francesa *faire la pute* significa ser prostituta. Em sua tradução literal, significa "fazer a puta". O termo foi incorporado corriqueiramente ao português do Amapá e passou a fazer parte da linguagem de todo dia.

Gostava da expressão, que sempre me pareceu uma adição importante ao nosso idioma, pois uma mulher, na verdade, não é prostituta. Uma mulher é e sempre será um ser humano como qualquer outro e, finalmente, seres humanos somos todos nós. Temporariamente, porém, uma mulher, sob certas circunstâncias, faz o papel de puta. Faz a tarefa de puta porque quer e gosta ou porque precisa. Faz o ganha-pão de puta para enfrentar a pobreza e alimentar a família. *Fazer* é diferente de *ser*, e acho "fazer a puta" uma expressão extremamente correta. Dá a exata dimensão do que realmente é a prostituição. Uma atividade que se exerce por alguma razão, por um certo tempo ou por muito tempo. Jamais, porém, será a definição de um ser humano. Foi bom que os amapaenses, sabiamente, traduzissem a expressão de modo literal e a incorporassem à linguagem diária.

Em todo o caso, quando Dendy me disse que a madrinha fazia a puta, fiquei surpresa. Até então, havia perguntado sobre as viagens de dona Sinhá aos lugares como Oiapoque ou Vila Brasil, onde, eu supunha, ela deveria comprar combustível, mercúrio e provisões para o garimpo. Tinha a expectativa de localizar um ou mais comerciantes que tratassem habitualmente com ela e que me dessem uma pista sobre seu paradeiro. A madrinha tinha muito a explicar. A completa dimensão de suas atividades no garimpo, no entanto, me surpreendeu.

Não que uma coisa excluísse a outra. Em quase todas as corrutelas há uma barraca que funciona como um botequim, onde se vendem cachaça, principalmente, refeições e alguns remédios, além de ser possível, se o cliente pagar bem, adquirir armas e munições. Nenhuma estranheza em saber que tenda improvisada no garimpo também oferece sexo.

Dendy me confirmou que a madrinha mantinha uma barraca dessas.

- A gente cozinha de dia - disse, acrescentando:

- Eu ajudo, busco água.

Imaginei a água podre de mercúrio sendo usada para cozinhar e beber. Na longa lista das doenças de Dendy, talvez devesse ser acrescentado o envenenamento por metais.

- Ajudo a lavar panela.

Santo Deus, pensei. Imaginei uma criança ajoelhada na beira do rio poluído pelo mercúrio, lavando panelas naquela água.

- Madrinha lavava panela também?

- Não. Lavava o chão da barraca. A mesa, o banco.

Claro. No calor equatorial, tudo o que não se limpa muito bem apodrece, atrai insetos e, eventualmente, macacos. Uma cozinha de acampamento, se deixada sem boa limpeza, acaba por chamar bandos de macacos, que virão em busca de comida. E, na natureza, no território deles, um grupo de primatas adultos, mesmo se de uma espécie pequena, pode fazer um grande estrago. Quebram objetos e destroem embalagens para consumir mantimentos; o que não for consumido é jogado ao chão, acaba pisoteado e termina inutilizado.

Um macaquinho em cativeiro pode se transformar em um bichinho de estimação. Um grupo de macacos selvagens, na natureza, é algo totalmente diferente. A passagem dos primatas por um acampamento transtorna toda sua organização. Depois que os macacos farejam a comida e descem das árvores, é quase impossível enxotá-los. Se a invasão for à noite é ainda pior. Madrinha e

Dendy não podiam deixar odores e tinham que manter os mantimentos em latas bem fechadas. A madrinha fazia a limpeza pesada. A menina, só as panelas.

- Duas panelas. Pro peixe e pro pirão.

- Tinha detergente? Sabão?

- Às vezes. Quando não tinha, a gente usava areia. Punhado de areia.

Não bastasse a água, ela ainda esfregava a areia contaminada nas panelas. E comiam peixe do igarapé e pirão de peixe com água do igarapé, tudo contaminado com mercúrio.

- As pessoas não ficavam doentes nesse garimpo?

- Ficava. Daí ia pra vila.

- Quais eram as doenças?

- Sezão, licha.

Sezão é o nome popularmente dado à crise de malária. Licha é como alguns caboclos chamam a leishmaniose. Os garimpeiros sabem que o mercúrio envenena, mas preferem não ver e não reconhecer. Todos os sintomas de que padecem, inclusive aqueles típicos do envenenamento por mercúrio, são atribuídos às duas doenças mais comuns. Ninguém se preocupa muito com o mercúrio nem com as demais doenças transmitidas por mosquito, que são, principalmente, a zika, chikungunya e a febre amarela. Mais cedo ou mais tarde, porém, os garimpeiros acabam por adquirir algumas dessas enfermidades.

O garimpo também produz doenças respiratórias, lembrando que o garimpeiro, depois de amalgamar o ouro ao mercúrio e retirar os dois metais juntos da bateia, precisa queimar o mercúrio para ficar com o ouro puro. O pequeno grão de mercúrio com ouro vai para um cadinho, que é elevado a uma temperatura bem alta, fazendo o mercúrio evaporar. Como o garimpeiro faz essa queima sem usar proteção, ele acaba por respirar o mercúrio em forma de gás. Lentamente, o metal se acumula nos seus pulmões, que perdem a elasticidade com o tempo.

É uma vida dura. O ouro, quando aparece, figura como pálida recompensa, depois de tudo o que foi perdido. O garimpeiro, porém, sempre julga que amanhã terá mais sorte e, depois, mais e mais ainda. A falta de oportunidades, o despreparo para exercer outra atividade e a esperança de enriquecer no próximo golpe de picareta mantêm os homens vivos e entusiasmados. É o mercúrio, no entanto, que envenena o sujeito com lenta persistência, até que ele desaba e, culpando-se a "sezão de maleita", é levado para a cidade, que pode ser Oiapoque, se o garimpo for mais perto do Brasil, ou Caiena, se for situado mais para dentro da Guiana Francesa. Se sobreviver, o sujeito fugirá do hospital antes da alta propriamente dita, e voltará ao garimpo o mais cedo possível.

O dia de trabalho em um garimpo dura tantas horas quanto houver Sol, todos os dias da semana. Normalmente, a barraca que os garimpeiros fazem de refeitório e de botequim prepara apenas uma refeição, que é um ajantarado em torno das seis horas da tarde, quando o Sol começa a desaparecer no horizonte. Nas latitudes equatoriais, o crepúsculo é rápido e fulgurante. O céu se pinta de cores intensas, do vermelho ensandecido do Sol poente à franja negra no outro lado do céu, onde já é subitamente noite.

Entre a noite que se anuncia em uma ponta do céu e o Sol agonizante na outra, todas as variações de azul e laranja. É um bonito espetáculo, que, às vezes, assusta pela rapidez com que a selva passa da luz à escuridão. Parece que o dia vai sumir de repente e que não haverá tempo de terminar o banho de rio ou de acender a fogueira, e, ocasionalmente, não dá mesmo. Para atravessar a noite amazônica, tem que saber ler o fim do dia.

A rotina dos acampamentos na selva prevê um banho de rio ao final do dia de trabalho e, em seguida, descanso à beira da fogueira. O banho limpa o suor, que atrai mosquitos, e a fumaça da fogueira termina de afugentá-los. Estar limpo e a postos ao lado do fogo antes de o Sol poente colorir o céu de vermelho é a melhor forma de se proteger contra as doenças transmitidas por mosquitos. A rotina também prevê uma boa refeição ao fim do dia de trabalho.

- A madrinha fazia comida para os homens?

- É. De tardezinha.

- E você ajudava?

- É.

- Muito trabalho?

- É.

- Todos os dias?

- Todo dia.

O garimpo não conhece domingo. Quem está no mato para procurar ouro trabalha toda a semana. À noite, a cachaça é quase obrigatória, mas, no dia seguinte, a vida recomeça na primeira luz da madrugada. A draga recomeça a revolver o fundo do igarapé, a bomba a jogar a lama no separador. Assim, a luta do homem com o mercúrio pelo ouro se reinicia outra vez.

- Fazer comida no garimpo dava dinheiro? Ouro?

- Dava.

- Muito?

- Sei não.

Dendy ficou tensa. Senti que o diálogo poderia acabar ali. Falar em quantidade e preços do ouro é, quase sempre, tabu. Mudei de assunto.

- Você tinha brinquedos lá?

- Não - confessou Dendy, com toda simplicidade.

- Você brincava com alguma coisa? Uma periquitamboia de pano?

Perguntei, meio de brincadeira, meio séria.

- Não tinha.

- E com outras crianças?

- Não tinha.

Em geral, não tem mesmo. Há garimpos onde trabalham marido e mulher, mas dificilmente alguém leva filhos para os acampamentos. São locais precários e, se o casal vai junto, é com a intenção de trabalhar duramente para juntar algum recurso e cair fora. A ideia que predomina é ficar no garimpo até juntar ouro suficiente para comprar uma casinha ou um caminhão de carga que garanta renda e autonomia. É o sonho de muitos, mas poucos conseguem. A cachaça, as doenças e, com frequência, os assaltos feitos por outros garimpeiros acabam com o sonho. O ouro não é uma saída fácil. O garimpeiro tem que ser muito desconfiado e bom atirador, nesta exata ordem. Crianças, no garimpo, são realmente difíceis de encontrar. Tinha sido uma pergunta boba.

Dendy caminhava ao meu lado pelo corredor, e suas pantufas batiam no corredor de lajotas polidas, fazendo plec, plec, plec.

- Você tinha destes chinelos lá no garimpo?

Na verdade, a resposta nem interessava. Perguntei só para mudar de assunto, falar de coisa menos complicada do que os ganhos da madrinha.

- Não.

- Bota de borracha?

- Uma vez tive bota de borracha, depois não "cabeu" mais no meu pé e fiquei sem. Madrinha ia comprar pra mim, mas não deu.

- Não deu o ouro? O dinheiro?

- É. Tinha pouco ouro. Madrinha ia comprar um chinelo pra mim, mas tinha muita lama. Chinelo gruda na lama. Fica grudado. Daí a gente perde. Daí eu fiquei "de pés". Depois madrinha comprou outra bota. Para eu ir na beira do rio.

O solo da Amazônia parece fértil quando vemos a floresta crescida, gigantesca, fechada ao nosso redor. Sem a floresta, porém, o solo empobrece, pois ele se nutre dos restos vegetais depositados no chão, que formam o substrato fértil. Sem a massa vegetal em decomposição no solo, resta apenas uma frágil camada de argila amarela.

Ao cortar a vegetação e escavar a terra, a atividade do garimpo abre crateras no solo argiloso de laterites, feito de rochas pulverizadas pelo tempo, que se torna estéril quando perde a cobertura vegetal. Esse solo, chamado de laterite amarela da Amazônia[8], depende muito da proteção dada pelas raízes entrelaçadas no subsolo, bem como da nutrição trazida pelas folhas mortas, caídas das árvores, em um ciclo constante de decomposição e de absorção. Onde o garimpo rompe o solo, rompe também o húmus fértil e a rede de proteção das raízes. O solo morre. As lagoas de água contaminada com mercúrio escorrem para os rios e o barro argiloso, que se forma na sequência, esconde galhos mortos e restos de tocos e raízes.

---

8 Laterite é um tipo de solo argiloso, criado naturalmente pela ação constante das chuvas, do Sol e da umidade sobre os diversos tipos de rocha. Forma uma crosta relativamente dura, pois *later*, em latim, significa tijolo. Conforme a composição das rochas matrizes, a laterite adquire certas características e coloração própria. Geralmente rico em ferro, tal solo pode ser pobre em outros nutrientes. Nos solos da Amazônia, a laterite é recoberta por material orgânico, com ramos e folhas, depositados no solo pela própria floresta, cuja decomposição constituirá a camada mais fértil, ou húmus.

É perigoso caminhar descalço em meio aos detritos. Se furar ou cortar a pele, a infecção é certa. Junto ao soro antiofídico, os antibióticos são os principais remédios da farmacinha caseira dos garimpeiros.

- Você já tinha tomado alguma vacina?

- Sei não...

Eu sabia que não. O doutor Kurten tinha descrito a saúde de Dendy como um quadro completamente caótico. Nenhuma vacina, nenhum acompanhamento infantil, nenhuma consulta médica, nenhum tratamento antiparasitário de qualquer tipo, nenhum tratamento dentário, nenhum relato coerente de qualquer outra doença e nenhuma prevenção contra doenças sexualmente transmissíveis, embora fosse claro, na opinião do doutor Kurten, que Dendy já havia passado por algumas enfermidades. Não me lembro de quais taxas foram medidas nos exames de sangue da menina, mas a maioria delas estava fora do padrão de normalidade. Creio também que Dendy tinha alguma doença venérea. O doutor Kurten olhava o prontuário dela e balançava a cabeça.

Naquele dia, e como sempre, tentei não deixar o diálogo com Dendy acabar. Se eu não fizesse perguntas, ela não dizia nada. Jamais facilitava alguma informação, jamais fazia qualquer comentário. Para perguntar, no entanto, não podia ser direta. Ela tinha sido muito bem instruída a não passar informações. Por amigável que tentasse parecer, fazia perguntas que não podiam ser respondidas. Restava-me ser cautelosa e evitar um interrogatório direto. Recomecei, suavemente:

- Você brincava muito no garimpo?

- Não.

- Não tinha onde brincar?

- Não tinha.

- Tinha índio?

Me ocorreu perguntar porque, talvez, as lideranças indígenas que eu conhecia, como o pajé Petalacinho, me ajudassem a descobrir onde era o garimpo. E por onde andava a madrinha.

- Não.

- Você já viu índio do mato?

Perguntei, sabendo que, certamente, índios residentes em zonas urbanas ela devia conhecer.

- Perto do garimpo tinha uns, mas eles não apareciam direito. Acho que tinham medo da gente do garimpo.

Era verdade. Índios e garimpeiros não fazem boa mistura e, em geral, são os índios que terminam mal. O garimpeiro atira primeiro e pergunta depois.

- Então você nunca viu nenhum índio?

- Só perto de Camopi.

- Você foi a Camopi?

- Fiquei perto. Madrinha foi, eu não.

Camopi é a cidadezinha em frente à Vila Brasil. A população é basicamente indígena, já transformada, porém, em comunidade convencional, situada do lado francês, dentro do Parque Amazônico da Guiana Francesa.

- Você ficou esperando a madrinha fora de Camopi?

- Fiquei. No *carbet* da Zifá.

- Zifá?

- Um *carbet* que chamavam da Zifá.

Carbet é uma choupana sem paredes, coberta por palha ou ramos de capim grosso. É o que se pode chamar também de gazebo rústico, ou caramanchão. Em geral, funciona como churrasqueira à beira da piscina nas casas mais abastadas ou em clubes. Existem também *carbets* na beira dos rios e igarapés, para dar conforto a banhistas ou pescadores. No cais ou píer onde atracam as catraias, sempre há um *carbet* para proteger viajantes e carga do Sol ou da chuva. Ficar esperando em um *carbet* não era grande novidade. Nem me servia para identificar o local, pois há muitos deles espalhados pelas vilas e rios.

- Onde era o *carbet* da Zifá?

- No lugar de amarrar a voadeira. A voadeira do seu Antonho tava amarrada lá. Aquela voadeira era o maior capricho dele. Motorzão. E rodinha para andar no seco.

Imaginei o pescador Antonho, proprietário de uma ótima canoa, com um belo e potente motor e uma estrutura para apoiar a voadeira e trazê-la para fora d'água. Um capricho, mesmo.

- No Rio Camopi?

- É.

O Rio Camopi atravessa e dá o nome à vila de Camopi. É um rio muito rico em peixes, onde é encontrado, entre várias espécies, o aimará, conhecido, em outras regiões do Brasil, como anjumara ou traíra. O peixe é espinhento, mas a carne, firme e saborosa. Carnívoro, o aimará, ou traíra, é uma das espécies que mais sofrem com o envenenamento por mercúrio. Por comer pequenos crustáceos do fundo dos rios e, também, outros peixes menores, o aimará situa-se no topo da cadeia alimentar entre as espécies pesqueiras da bacia do Camopi. Dessa forma, acaba acumulando em seu corpo muito do mercúrio utilizado no garimpo e drenado para a água dos rios.

Apesar do perigo que o consumo do aimará representa, os índios não desistem. Ou talvez não entendam. As margens do Rio Camopi são, pois, repletas de locais de embarque e desembarque dos barcos de pesca. Os atracadouros, todos muito simples e feitos de troncos cravados nas margens e no fundo do rio, podem receber, conforme o tamanho, desde as pequenas voadeiras até as catraias maiores. Cada um tem o seu *carbet* de apoio. Descobrir qual era o *carbet* da Zifá era, pois, uma tarefa lenta, que implicava sair perguntando para os desconfiados habitantes de Camopi ou de Vila Brasil. Não era impossível, porém.

Zifá, Zifá... melhor memorizar esse nome, pensei. E continuei a fazer perguntas:

- A madrinha demorou em Camopi?

- Não. Ela nem pôde comprar o remédio. Era dia de avião e tinha gendarme.

A madrinha não deveria ter visto para entrar na Guiana Francesa. Embora seja parte integral da França, a Guiana, por ser uma região geograficamente distante da Europa, vive sob um regime de tributos e, também, de vistos, muito diferenciado dos países do bloco europeu.

Os brasileiros, por exemplo, podem entrar sem visto em todos os países europeus, inclusive na França continental, mas, para entrarem na Guiana Francesa, é necessário pedir antes um visto, de turista, estudante ou outro qualquer, conforme o caso. Sem o visto apropriado, o brasileiro não entra e, se for pego sem visto, é expulso na hora. Mais do que a Gendarmerie, a polícia militar francesa, os garimpeiros temem a PAF, a Police aux Frontières, que faz a repressão, às vezes com muita agressividade, aos estrangeiros clandestinos na Guiana Francesa.

- A madrinha tinha medo da polícia?

- Tinha. Seu Antonho também não gostava deles.

- Da Gendarmerie ou da PAF?

Ela não devia saber a diferença. Mas garantiu:

- Não gostava deles. Dos polícia. Não gostava.

A madrinha, certamente, não tinha visto de turista e, clandestina, devia temer ser encontrada em Camopi pela polícia de fronteiras. Seria detenção na hora e expulsão logo em seguida. Como era dia de o voo semanal de Caiena chegar a Camopi, os policiais franceses deviam estar em deslocamento para a pista, para receber carga e passageiros. Não há estrada ligando Camopi a Caiena, de sorte que a cidade recebe suas provisões por barco ou pelo voo semanal que vem da capital, cuja chegada movimenta o local. Para recebê-lo, a polícia abre o pequeno aeroporto local, composto por uma pista simples de aterrissagem e um pequeno centro de controle. As ruas deviam estar cheias de homens fardados indo e vindo. A madrinha ficou com receio de ser detida. Foi embora de Camopi, como acrescentou Dendy, sem "comprar meu remédio".

- Como é mesmo, Dendy, comprar remédio? Ela comprava remédio em Camopi?

Eu estranhei, porque em Camopi tudo era pago em euros e, por conseguinte, muito mais caro do que no lado brasileiro do rio.

- Não era assim - explicou Dendy. E prosseguiu:

- Ela comprava tudo em Vila Brasil. Em Camopi, a madrinha só foi só comprar aquele remédio para mim. Remédio de tirar o bucho - explicou, colocando a mão sobre o ventre crescido.

Como o aborto é legalizado na França, as farmácias da Guiana Francesa têm produtos abortivos à venda. Os brasileiros se abastecem lá, quando precisam interromper uma gravidez indesejada. Embora muitos não saibam usar o remédio corretamente e possam ocorrer alguns acidentes, os medicamentos abortivos franceses são muito mais seguros do que o aborto feito em casa por uma comadre leiga, como acontece nas periferias pobres das cidades do Brasil. Por isso, é prática comum os brasileiros cruzarem a fronteira e comprarem, no lado francês, para si ou, mais comumente, para revenda, os fármacos que induzem o aborto. Com um mínimo de perspicácia, é possível observar um fluxo de contrabando muito bem estabelecido daqueles medicamentos, que alcança até Macapá e Belém.

Então, pensei, a madrinha tentou comprar um abortivo. Chegou mesmo a se arriscar e foi até Camopi para tentar comprar o medicamento. Não conseguiu, por medo da Gendarmerie, que estava nas ruas, e desistiu, posto que Dendy continuava grávida.

Nesta altura da conversa, estávamos quase chegando à saleta da pediatria. Dendy caminhava devagar, por isso eu já estava um pouco atrasada para a abertura do Consulado. Antes, porém, disse à menina, tentando encerrar o nosso passeio do dia com uma pequena conversa informal:

– Ah, sabe..., eu gosto de banho de igarapé. Quando vou a acampamento, gosto de tomar meu banho de igarapé e depois ficar na beira do fogo, de noitezinha, contando histórias. Gosto muito de histórias.

– Eu também – disse Dendy.

– Madrinha sabia contar histórias?

– Sei não.

– Ela não conversava com você, de tardezinha, ao lado da fogueira?

– Não dava – respondeu Dendy, para acrescentar:

– Madrinha fazia a puta de noite.

Logo, concluí, a madrinha não tinha tempo para ficar contando histórias ao redor da fogueira. A madrinha era cozinheira de dia e prostituta de noite.

– E quando a madrinha ia fazer a puta, como é que você ficava? Não tinha ninguém para ficar junto com você?

– Nóis botava a mesa com as panela no lado e botava uma taboca no meio da barraca – explicou Dendy.

A taboca é um tipo de bambu ou taquara, longo, fino e oco, muito usado pelos caboclos para construção de paredes, tanto externas quanto internas. Quando a parede é externa, a trama de taboca é completada com barro socado, que seca ao Sol e, em seguida, é coberto de palha, como, de palha, também será o teto da palhoça. É uma construção rudimentar, mas produz um bom isolamento térmico. Por pior que esteja o calor do lado de fora, dentro da palhoça a temperatura é agradável.

O outro uso da taboca trançada é na função de divisória interna. A simples trama de bambus funciona para separar dois ambientes. É leve, resistente e facilmente removível. Botar uma taboca no meio da barraca significava dividir a barraca em duas partes.

Dendy explicava:

- Tinha um lado pra cada.

- Como assim?

- Na barraca. Arredando a mesa pra um lado, dava pra dividir a barraca em duas, com a taboca no meio e uma rede em cada canto.

Fiquei em silêncio. Eu não tinha entendido aquela arrumação da barraca. E nem sabia porque Dendy me explicava tudo aquilo em tanto detalhe. Daí, veio a revelação:

- Um lado da taboca com uma rede pra madrinha e o outro lado com a minha rede. Pra gente atendê os home.

Dendy fazia a puta também. Aos dez anos de idade. Fora para isso que a madrinha a adotara. Para ser uma ajudante na cozinha e uma atração no pequeno bordel, primitivo e violento, que ela mantinha no meio da selva.

CAPÍTULO 6

A fada do dente

Dendy havia passado uma noite ruim, disse-me Madame Vih, sem explicar muito bem o que teria acontecido. Revelou apenas que eu não poderia levá-la à pediatria naquela manhã. Nem sequer pude ver a garota. Quando entrei no hospital, a funcionária do balcão de atendimento me chamou e pediu, muito gentilmente, que não subisse para a enfermaria das mulheres, mas que falasse diretamente com a chefe da assistência social, na salinha dela.

- Não é grave, *Madame la Consule* - asseverou Madame Vih, quando nos encontramos. É normal para o quadro - prosseguiu -, mas vamos ter que fazer alguns exames. Tudo dito em um tom neutro, tão tranquilizador quanto possível.

Explicou-me que talvez os exames demorassem e que, naquele dia, excepcionalmente, não seria possível levá-la para a salinha dos brinquedos:

- Só hoje. Amanhã tudo volta ao normal - garantiu.

- Claro.

Nada a fazer. Voltei para o Consulado, onde o trabalho se acumulava sobre a minha mesa. Não pensei mais no assunto. Era óbvio, achava eu, que Dendy teria momentos piores e momentos melhores.

No dia seguinte, telefonei cedo para o hospital. Sim, Dendy estava bem melhor.

- Posso ir hoje?

Sim, eu podia ir.

Fui ao hospital, pude entrar, subir para a enfermaria das adultas e encontrar Dendy sentada na cama, terminando o café da manhã. Reparei que havia comido tudo o que tinha na bandeja do hospital. Apetite, perfeito. Ela me parecia bem, tinha se alimentado bem, estava disposta e, como sempre, ansiosa para ir para a salinha dos brinquedos e da TV.

Saí com Dendy pelos corredores, com ela fazendo caretas.

- O que é que foi?

- Meu dente.

- Dói?

- Não... agora não, mas às vezes dói. Tava frouxo, daí a moça tirou ele ontem. Tava quase caindo, ela só puxou.

- A moça deu o dente para você?

- Sei não. Acho que não. Não vi o dente. Acho que ela botou fora.

- Bem, é uma pena - disse a ela e expliquei:

- Você sabe que, quando cai o dente de uma criança, a gente tem que pôr o dente embaixo do travesseiro; daí vem uma fada e bota um presente...

- Sei não.

Dendy ficou em silêncio, ponderando a informação:

- Mas eu não tenho mais meu dente - concluiu, com um pequeno suspiro.

Estava decepcionada.

Resolvi explicar que havia uma possibilidade de eu convencer a fada do dente a trazer um presente para ela. Talvez. Se a fada fosse legal, talvez ela desse o presente, mesmo sem receber o dente em troca. Dendy pareceu gostar da ideia. Perguntei se havia alguma coisa que ela gostaria de ganhar de presente.

- Sei não...

- Bichinho de pano?

- Sei não...

Dendy não estava acostumada a ganhar presentes. O que poderia interessar a uma menina de dez anos que, ainda por cima, tinha passado quase toda a vida na pobreza, no isolamento e na violência do garimpo?

Brinquedos e bichinhos de pelúcia tinham muitos na pediatria. Resolvi arriscar outras coisas:

- Você gosta de enfeites? Pulseira, colar?

- Gosto de tiara...

- Vou ver com a fada se dá para mandar uma tiara para você...

A expressão de Dendy mudou. Estava gostando da ideia. Vi o princípio de um sorriso e continuei com as propostas.

- Tiara com florzinha?

- É!

Ela assentiu, com entusiasmo.

- De que cor?

- Rosa... - disse ela, pensativa. E continuou:

- Cor rosinha, eu gosto, e gosto com brilho... acho, verde também é bonito, cor de ouro também...

Estávamos na frequência certa. Os camelôs de Oiapoque vendem umas tiarinhas de plástico, coloridas, com lantejoulas baratas. Algumas tem até um pequeno véu de tule. Na última vez que tinha visitado Oiapoque, havia visto inúmeras barracas de rua cheias de adereços baratos, tipo roupa de princesa. Imaginei que devia ser uma daquelas tiaras que ela queria.

- Tiara só com florzinha ou com veuzinho?

O olhar dela pedia uma explicação.

- Véu é aquele paninho furadinho que fica grudado na tiara e voa por cima da cabeça da menina que está usando.

- Ah...

Pensou um pouco.

- Quero amarela com brilho de ouro e com florzinha. E com paninho...

Queria tudo. Certo, eu ia procurar.

Deixei Dendy na salinha da pediatria e fui para o Consulado. Meu assistente, que tinha duas filhas, me indicou uma loja de chineses, cheia de produtos baratos, no centro de Caiena.

- A senhora vai encontrar tudo lá. E não é nem caro. Eu sempre compro os presentes das minhas meninas com eles.

Depois do expediente, o Sol ainda alto, fui para o centro da cidade em busca da tal loja, que não tive dificuldade de encontrar. Era uma loja imensa, cheia de quinquilharias empilhadas umas sobre as outras, sem critério aparente, formando corredores abarrotados de todo o tipo de produtos baratos. Havia um corredor inteiro dedicado a adereços de princesa e de guerreiro medieval, versão chinesa, tudo em plástico. O único trabalho que tive foi o de escolher entre os diversos tipos de tiaras, capas, coroas, cedros, escudos e espadas espalhafatosamente coloridas.

Finalmente, encontrei uma tiara dourada coberta com miçangas de várias cores, lantejoulas e estrelinhas de diversos tons e formatos. Tudo brilhava. Comprei a tiara e, para completar, comprei também uma capinha de princesa. Uma pequena capa branca, para ser usada sobre os ombros, de tecido dos mais baratos, com uma coroa bordada em linha dourada nas costas. A capinha era forrada de cetim cor-de-rosa e abotoava no pescoço com um cordão que, se não me engano, também era dourado, ou rosa.

A senhora chinesa que atendia no caixa da loja dobrou a capinha e fez um caprichado pacote para a tiara. Ainda me deu, de brinde, um anelzinho de lata com uma faiscante pedra verde.

No outro dia, em casa, antes de sair para o hospital, escondi o pacote como presente dentro da mochila que se usava, na época, para transportar o *laptop*. Cabia perfeitamente e ninguém no hospital iria desconfiar.

Quase todo dia eu carregava meu *laptop* para alguma reunião e já havia visitado Dendy no hospital, mais de uma vez, com aquela mesma mochila às costas. Caiena era uma cidade segura, mas ninguém, de sã consciência, deixaria um *laptop* dentro do carro no estacionamento do hospital.

Como previsto, entrei tranquilamente.

- A fada deu presente?

Perguntou Dendy assim que me viu.

- Calma, mocinha...

Quando saímos no corredor, parei, tirei a mochila do ombro, abri cerimoniosamente o fecho e puxei, lentamente, muito lentamente, o pacote de presente.

- Acho que a fada deu, sim.

Dendy bateu palmas, sua maior expressão de felicidade. Abriu um sorriso, que cresceu no rostinho inchado pelas intercorrências da gravidez. Bateu palmas outra vez, muito animada. Estava feliz.

Dei o pacote a ela, que rasgou o papel colorido, afastando, sem cerimônia, a fita e o laçarote que fechavam o embrulho. A tiara brilhava ao Sol que entrava pela janela do corredor. A capinha era um pouco curta para ela, mas, de qualquer forma, acho que Dendy nunca tinha visto algo como aquela roupa e, certamente, jamais imaginou possuir alguma coisa assim.

Coloquei a capinha nos ombros de Dendy. A tiara, ela mesmo, embevecida, examinou em todos os pequenos detalhes e, em seguida, colocou-a na cabeça. Ficou meio torta, mas eu deixei. Já o anel, ela quis pendurar no pescoço.

- Lugar de anel é no dedo - disse eu.

- Madrinha usava o dela na correntinha, no pescoço - disse Dendy.

- Ué? Pra quê?

- Pra cozinhar. Ela dizia que o ouro do anel ia descascar com a mão na água. Daí botava na correntinha do pescoço. O anel era da mãe dela, ela tinha o maior capricho no anel. Só usava no pescoço, para não descascar na cozinha e se acabar todo.

Certo. O anel da madrinha não devia ser lá essas coisas. Mas a ideia de um anel pendurado no pescoço parecia agradar a Dendy. A madrinha era o modelo de adulta no qual a menina se enxergava.

E me passou uma informação surpreendente:

- Uma vez ela teve que atravessar o rio a nado e botou o anel na boca, pra correnteza não rebentar a correntinha e o anel cair.

Cada história! O anel devia ser a única posse de madrinha e a última lembrança da mãe. Da infância. De uma infância que, talvez, tivesse lhe sido tão roubada quanto a de Dendy.

Já que o anel no pescoço era importante, apanhei um pedaço da fitinha que enrolava o pacote, passei o anel pela fita e amarrei no pescoço de Dendy.

- Não é correntinha, mas resolve porque combina com a cor do anel - disse eu -, chamando a atenção para o fato de a fita ser verde como a cor da pedra.

Dendy concordou com a cabeça. Agora, a indumentária dos sonhos estava completa. Saímos a procura de algum local, um banheiro, por exemplo, onde houvesse espelho, para ela conferir a tiara e a capa de princesa. Não foi difícil achar, logo na curva do corredor havia um. Ela entrou e parou diante do espelho. Para felicidade dela, aquele banheiro tinha um espelho de corpo inteiro, fixado na parede.

Dendy olhou-se longamente diante do espelho. Parecia não ver o ventre protuberante e disforme, as costas arqueadas, as pernas e braços pendendo como gravetos, a bata mais curta na frente, onde a barriga empurrava, e as pantufas do hospital, grandes demais para ela. Só contavam o brilho da tiara, a dança das miçangas no pequeno véu e a capa que encobria todas as misérias de sua curta existência. De vez em quando, acariciava o anelzinho pendurado no pescoço. Deixei que admirasse e que se admirasse o tanto quanto quisesse.

Saímos novamente pelo corredor. Imaginei que alguém poderia nos ver e, diante de Dendy com todos aqueles adereços, levar o assunto para Madame Vih. Se a chefe da assistência social soubesse, eu iria levar um pito. Enfim. Preferi acreditar que não ia acontecer nada. E não aconteceu mesmo. Pelo menos, não naquele momento.

Caminhamos até a pediatria sem encontrar ninguém que parecesse conhecer Dendy. Simplesmente, sem sermos notadas. Dendy ia feliz, ziguezagueando no corredor, para ver o anel brilhar, cada vez que uma réstia de Sol, entrando pela janela, fazia um retângulo dourado na parede do corredor. Estava vestida para ser feliz, e estava feliz.

Eu também estava.

Chegamos à pediatria e deixei Dendy na salinha de televisão, vestida de princesa, com anel, tiara e capinha. Dali para a frente sabia que, mais cedo ou mais tarde, a assistência social do hospital iria ver a garota vestida de princesa e eu acabaria sendo admoestada. Quando a enfermeira da tarde fosse buscar Dendy, iria encontrá-la com aquela roupa e certamente perguntaria o porquê. E a menina diria que era presente da fada do dente, feito por meu intermédio, o que, fatalmente, me levaria à sala de Madame Vih para mais uma prédica sobre as rotinas imutáveis do hospital.

Paciência. Deixei Dendy bem instalada na sua poltroninha, deleitada com roupa e tiara de princesa, e fui para o Consulado. Sabia que iria, com certeza, merecer cada frase sibilina de Madame Vih, mas com a consciência de haver feito uma coisa boa.

No dia seguinte fui ao hospital, entrei sem que ninguém me chamasse a atenção e sem que houvesse qualquer reclamação a respeito da roupa de Dendy – estranha condescendência, pensei. Madame Vih já foi uma defensora mais feroz das próprias regras.

Fui até a enfermaria das adultas, apanhei a menina, que estava sem as roupas da fada, e iniciamos nosso passeio diário até a pediatria. Falei de algumas banalidades, do café da manhã, do *croissant* que chegava quentinho, até que perguntei:

- A moça que foi buscar você ontem à tarde gostou da sua roupa? Da roupa que a fada do dente deu?

- Acho que gostou sim - respondeu Dendy. Disse que era bonita, mas mandou eu tirar, porque o doutor não deixa ficar daquele jeito, só depois que eu sair do hospital, daí ela me dá de volta a capinha, a tiara e o anel.

- Então a roupa da fada vai ser guardada e depois, quando sair do hospital, você pega ela de volta, não é?

- É.

Seguimos conversando sobre diversas coisas, o dia bonito, o tucano que morava no oco do coqueiro e, de tanto em tanto, sobre a roupa de princesa que a fada tinha dado de presente.

Dendy me contou que uma criança na pediatria gostou muito da tiara, que ela e a menina, com quem ela estava autorizada a conversar, bateram com o anel no pudim que veio com o almoço e, para grande contentamento das duas, ficou uma marquinha do anel no pudim. Imaginei o desprazer da enfermeira ao ver Dendy e a amiga socarem o pudim. E me contou também que outra criança disse que tinha uma capinha parecida. Finalmente, eu perguntei:

- As crianças da enfermaria falam português?

- Duas falam.

- São suas amigas?

- São. Mas tão doentes e não podem sair nem descer da cama.

Fui acometida pela preocupação com o possível estranhamento de uma criança diante de outra criança grávida:

- Elas perguntaram da sua... barriga... tipo assim, que está grande?

- O menino, meu amigo, tá careca, bem carequinha, e também tá de bucho crescido por causa do remédio dele, ele tá todo molinho, do remédio dele. Tem bichinho no sangue.

- E a outra criança?

- A menina tá carequinha também, mas não tá buchuda. Não sei o que ela tem. Ela acha que eu tenho um bichinho no sangue também, mas eu não tenho bicho nenhum no sangue, eu tenho um neném aqui dentro. Depois que o neném sair, eu fico boa...

- E quando o bebê sair, o que é que você vai fazer?

- Sei não.

- A madrinha não falou?

- Madrinha falou que as moças do hospital dão o neném pros franceses. Madrinha disse que, se fosse francesa, ela ficava com ele para ganhar um "smic" do governo que os franceses dão, mas ela é brasileira e não ganha nada, então não pode ficar com "minino" nenhum.

- Ah...

Smic é a abreviatura de salário mínimo, na França. Por "smic", os brasileiros da fronteira do Oiapoque entendem toda a assistência social que a França oferece aos seus cidadãos. Os benefícios são pagos em euros, e resultam, quando convertidos em reais, praticamente em um bilhete de loteria premiado.

Como a madrinha não era francesa, não recebia benefícios em euros. Aliás, não recebia benefícios sociais de nenhuma espécie e jamais poderia acrescentar um bebê ao que já era uma existência precária em um bordel no meio da floresta amazônica, no limite da fome e da doença. O bebê ia ser deixado no hospital de Caiena para adoção. Essa era a ideia, ao menos, de acordo com o que me dizia Dendy. Fazia sentido.

Há poucas crianças para adoção na França, e os casais que buscam adotar nem sempre conseguem. Muitas vezes, têm que esperar um tempo ou tentar em outro país. Um bebê sem família, em Caiena, certamente encontraria uma família adotante em um tempo mais curto do que em uma cidade brasileira.

A madrinha poderia ter abandonado Dendy no lado brasileiro do Rio Oiapoque. Preferiu, no entanto, deixá-la no lado francês.

Decerto confiava mais no sistema francês de assistência social, e eu não lhe tirava totalmente a razão.

Já as outras duas crianças brasileiras internadas na pediatria, ou, ao menos, as duas que falavam português, não eram do meu conhecimento. Deviam ter doenças graves, como o "bichinho no sangue", que devia ser leucemia, e estarem tomando remédios muito fortes, cujas sequelas ultrapassavam minha imaginação. Pouco interessava a Dendy o estado das outras crianças. Ela era pacificamente aceita. Ainda mais com aquela roupa da fada do dente.

Com as crianças francesas, Dendy não se relacionava, por não entender a língua. E as crianças pareciam ignorá-la. Pelo que pude entender, ela interagia, na medida do estado de saúde de cada um, com as crianças brasileiras e era deixada em paz pelas crianças francesas.

- *Bonjour, les enfants!* - dizia eu aos pequenos da pediatria, todas as manhãs.

- *Bonjour, madame!* - respondiam os franceses sem levantar os olhos do que estivessem fazendo.

Os brasileirinhos me olhavam sem reação, mesmo quando eu lhes dava "bom dia" e perguntava se estava tudo bem. As duas crianças não tinham um bom aspecto. Deviam estar muito doentes. De qualquer forma, Dendy entrava e saía sem despertar nem adesão nem estranhamento.

Quando um paciente mirim tinha alta, algumas vezes havia festinha de despedida na enfermagem. Levavam um suco e, conforme o horário, um *croissant* para Dendy na salinha dos brinquedos, mas não a chamavam para a festinha. Ela não se importava, porque não falava francês mesmo.

Quando Dendy me contou da reação condescendente que a enfermeira teve ao vê-la com roupa da fada do dente, acreditei que o episódio estivesse encerrado.

No final de nosso passeio, deixei Dendy na salinha e tomei a direção da saída do hospital. Quando passava pelo balcão de atendimento, no saguão de triagem, uma assistente me chamou. Conduziu-me para um cantinho do balcão.

- *Tenez, Madame la Consule, les vêtements de Dendy*[9] - e me entregou a capinha, a tiara e o anel dentro de um saco de plástico.

- A senhora guarde - continuou a assistente -, e depois, quando Dendy sair, a senhora devolve a ela. Nós não guardamos - explicou. Tem que ficar com a senhora, já que é a representante do país e ela não tem família aqui.

Bem, alguém tem que guardar. Dendy não tinha armário na enfermaria e, supus, a capinha tem que ser lavada. Até ali, tudo parecia normal.

- Certo - disse eu, e prossegui:

- Espero que esta capinha, que faz parte da brincadeira da fada do dente, não tenha causado nenhum problema.

A assistente social ficou sem graça. O constrangimento em torno dela tornou-se sólido. Algo não estava bem.

- A senhora pode me dizer o que houve? Fiz alguma coisa inconsistente com as regras do hospital? Se fiz, peço desculpas desde logo...

- *Madame la Consule*, a senhora comprou esta roupa de princesa porque Dendy perdeu um dente, não é?

- É. Quando as crianças perdem um dente de leite, a gente diz que a fada dá presente...

- Não era um dente de leite, *Madame la Consule*. A segunda dentição, ou dentição permanente, vem em torno dos sete ou oito anos. Dendy tem mais idade, de dez a doze anos e já possui dentes permanentes...

- Não era dente de leite?

- Não. Era dente permanente, que ela perdeu por causa da descalcificação causada pela gravidez... A suplementação de cálcio só começou quando ela chegou aqui e, pelo quadro...

A assistente continuou falando, mas eu não entendi mais o resto da explicação sobre descalcificação.

Não era fadinha do dente, a meiga fadinha que participa da infância de todas as crianças e que eu achava, doce ilusão, que também fazia parte da infância de Dendy. A infância de Dendy tinha sido roubada. Não existia, parecia infância, mas era algo pior,

9 "Eis, senhora cônsul, as roupas de Dendy."

muito pior. O monstro da doença, do estupro, do abandono, do descaso. Inevitável e cruel.

Eu costumo ficar envergonhada da minha ignorância. Minha vergonha, naquele momento, porém, não era exatamente da minha ignorância. Vergonha eu tinha era do meu país. Do país que eu representava. E que tratava assim as suas crianças. Do abismo que existe entre as crianças de classe média, com as quais eu estava habituada, e a realidade das crianças marginalizadas, de todos os brasileirinhos marginalizados, que o drama da vida de Dendy representava tão bem.

Naquela manhã, saí do hospital sem ânimo. Confundir a troca de dentição com a perda de dentes por descalcificação severa tinha sido um vexame de minha parte. A condescendência do hospital ao tratar do assunto da roupa de princesa não fora com Dendy. Fora comigo.

Tentei trabalhar naquela tarde, mas não estava bem e o serviço não rendia. Fiquei um pouco no Consulado, sem conseguir chegar, porém, até o final do expediente. Dei uma desculpa esfarrapada para o meu assistente, que assimilou sem pestanejar, e disse que eu não me preocupasse. Se aparecesse qualquer coisa grave, ele chamaria.

Fui para casa. Capitu, minha cachorrinha vira-lata, ficou surpresa. Ela costumava jogar futebol comigo toda tarde, mas, naquele dia, quando cheguei cedo em casa, a cadelinha não entendeu. Aquele calor todo, Sol forte brilhando lá em cima, e mamãe chegando para jogar bola? Futebol, num calor desses? Nem pensar. Capitu bateu o rabinho de boas-vindas e me fez uma pequena festa protocolar, o mínimo que um cachorro de respeito faz para o dono quando chega em casa. Logo voltou para o sofá e retomou a sesta, cuidadosamente espalhada sobre várias almofadas, com a barriguinha para cima.

Meu gato Joca, o gordo gato Joca, nunca se preocupava com nada, muito menos com meu horário de chegar em casa. Era o feliz proprietário de um pequeno ganso de pelúcia, que lhe servia, entre outras utilidades, de travesseiro. A cabeça recostada sobre o boneco, o corpanzil esparramado sobre as lajotas frescas da varanda, Joca não deu a menor importância à minha chegada.

Só recebi alguma simpatia da gata Petite Fleur. Gatinha de rua, muito escorraçada e maltratada, que eu havia adotado recentemente. Lá no fundo dos olhinhos azuis de Petite Fleur, eu vi a confirmação que os humanos podem ser, sim, uns bichos muito maus.

Quanto à roupa de princesa, nunca mais pude devolvê-la à Dendy.

CAPÍTULO 7

Do piu-piu à corrutela

No outro dia, lá estava eu no hospital, ainda sem graça, mas pronta para levar Dendy, novamente, da enfermaria das adultas à pediatria. Ela perguntou pela roupa de princesa e eu disse que tinha levado para a minha casa e que tinha lavado a capinha e passado um produto nas lantejoulas da tiara para deixá-las ainda mais brilhantes. O anel estava guardado também, com a fitinha, na minha casa.

Ela ouviu atentamente e pareceu gostar dos meus cuidados com sua roupa. Expliquei que a gente tinha que lavar e guardar a roupa boa, de princesa, para ela durar muito. Eu sabia que roupas e sapatos, até mesmo botas, duram pouco nos garimpos. Garantida a guarda da roupa de princesa, tratei de começar nossa conversa. Havia muita coisa que eu queria saber. Puxei assunto:

- Também já fui numa corrutela.

- Eu não gostei de ficar lá porque tem muita lama... - disse a Dendy, à guisa de início de conversas. E acrescentei:

- Mas gosto muito de ver o pessoal procurar ouro com o piu-piu.

Naturalmente, Dendy sabia o que era uma corrutela e o que era um piu-piu. Surpreendeu-se, talvez, ao ver que eu também sabia. Olhou-me algo desconfiada e expliquei melhor:

- Gosto do barulhinho do piu-piu. Acho engraçado.

O piu-piu é o nome que o garimpeiro dá ao detector de metais. Indica o começo do garimpo. A busca pelo ouro se inicia quando um ou dois homens entram na mata com um detector de metais, que vão aproximando de pontos, no solo, onde pode, pela morfologia do lugar, haver ouro. Se encontrar algum indício, a máquina emite um pulso sonoro, um bip, não muito alto, mas agudo. Daí a alcunha. Os garimpeiros caminham pela mata enquanto palmilham a área com o detector de metais. A quantidade de bips indica a possibilidade de o sítio valer o investimento em garimpo propriamente dito.

Os garimpeiros examinam os sítios mais promissores. Cavam, se for o caso, ou passam a areia do igarapé pela bateia, para aquilatar se há ouro e se a quantidade pode ser interessante. Eu já havia visto o piu-piu ser usado em Caiena, como demonstração. No mato, na busca real pelo ouro, nunca.

A fase do piu-piu tem seus perigos. Se o garimpeiro entra sozinho na mata, um sem-número de acidentes pode acontecer, desde o ataque de animais peçonhentos até o encontro com índios. Sozinho, o sujeito não terá muito recurso para sobreviver. É preciso ser um excelente mateiro para dar conta da floresta sem o auxílio de companheiros. Por isso, normalmente, a prospecção com piu-piu é feita por dois ou mais homens. E é aí que reside o real perigo. Uma vez localizado o potencial veio aurífero, é provável que os homens se matem uns aos outros para se apropriarem do garimpo.

A floresta destrói corpos em pouco tempo. A umidade e o calor constantes e os predadores dão cabo de um cadáver humano em duas noites. Os ossos maiores que, em princípio, não seriam destruídos com facilidade, são levados para longe pelos animais. O jacaré leva para o rio, as onças e a jaguatirica levam para a toca, as aves de rapina levam para mais longe ainda. Os restos de roupa, as botas ou a mochila são o que sobram e que permitem saber que, ali, houve uma morte. Em uma pequena comitiva de garimpeiros na prospecção com piu-piu, o crime é um velho conhecido.

O ouro começa a matar antes mesmo de reluzir na mão do garimpeiro.

- Você já viu o piu-piu ligado?

- Só vi de brincadeira - disse Dendy, e explicou:

- Antes de sair pro mato, os home ligava o piu-piu para ver se tava bom.

No garimpo de Dendy devia haver um grupo de garimpeiros que continuava procurando mais ouro nas redondezas da corrutela. Isso era sinal de que a produção do garimpo era fraca. Era preciso buscar mais.

- E daí? Achavam mais? O piu-piu dava sorte?

- Sei não.

E ficou muda. Olhos grudados na ponta das pantufas, mais nada a dizer.

Eu tinha feito uma pergunta difícil e assustadora. Depois que a prospecção com o piu-piu acha o sítio aurífero, vem a fase de estabelecimento do garimpo propriamente dito. O que é difícil, porque envolve homens e máquinas e custa caro.

É aí que entra a figura do comerciante de ouro, ou atravessador. Como só ele dispõe de dinheiro para investir nessa atividade clandestina, quase todo o desenvolvimento do garimpo, do piu-piu em diante, acaba na mão do atravessador, no todo ou em parte. Mas é inevitável recorrer ao dinheiro do atravessador nos primeiros momentos do garimpo.

É o atravessador que compra, no mercado em Oiapoque, todos os materiais necessários, da lona preta para montar as barracas que vão compor a corrutela, às diversas máquinas que o garimpo, mesmo clandestino, vai usar, passando pelos víveres, remédios, armas e munições, combustível e mercúrio. O atravessador é quem decide quais garimpeiros, além dos "achadores", vão trabalhar naquele garimpo e designa um homem de sua confiança para, com o apoio de um ou mais pistoleiros, cuidar da segurança do garimpo e de seus interesses.

É na cidade de Oiapoque que estão os atravessadores e são as lojas de lá que fornecem tudo o que o garimpo necessita. É, pois, de Oiapoque, subindo o rio, que partem as comitivas de garimpeiros para o interior da floresta. Homens e carga são acomodados em uma ou mais catraias e partem rio acima, em direção ao Parque das Montanhas do Tumucumaque, no lado brasileiro, e do Parque Amazônico da Guiana, no lado francês. Em uma catraia à parte, vão os chamados "transportadores" do Oiapoque, homens que não são garimpeiros, mas tão somente fazem a carga das mercadorias até depois da cachoeira da Grand Roche.

Após uma hora de viagem, mais ou menos, dependendo da força da correnteza que as catraias enfrentam, a comitiva chega ao salto da Grand Roche. O Rio Oiapoque é repleto de pedras e de navegação muito difícil. Os barqueiros que fazem a viagem de vinte minutos entre Oiapoque, Brasil, e Saint-Georges, na Guiana Francesa, são chamados de catraieiros. Mas os barqueiros que levam comitivas rio acima, até além do salto da Grande Roche, fazem questão de serem chamados de "pilotos".

A Grand Roche é uma queda d'água considerável e perturba, ou até impossibilita, a navegação no rio. Aproveitando a interrupção, a Police aux Frontières montou um posto ao lado da cachoeira, para controlar a passagem das catraias, impedir o ingresso dos garimpeiros e prender os portadores de mercúrio.

As catraias vindas do Oiapoque com a comitiva de garimpeiros, então, interrompem a viagem um pouco antes de chegarem à cachoeira e saltam para a terra. Tripulantes e passageiros prosseguem a pé, pela margem do rio, por uma trilha incerta e estreita que corta a floresta. Sobem, pelas margens, o desnível da Grand Roche, caminhando entre as pedras cobertas de limo e as raízes retorcidas das árvores que se agarram às rochas. É uma trilha perigosa. Os homens equilibram o material e as próprias catraias nos ombros, enquanto a fila serpenteia, hesitante, pelas margens do rio, superando, a pé, o primeiro grande obstáculo que a comitiva encontra no rio. Os chamados "transportadores" do Oiapoque, que são experientes naquela trilha, levam o material mais pesado e guiam o grupo.

Uma vez passado o salto da Grand Roche, os homens e a carga são reacomodados nas catraias, que voltam ao rio. Exceto os transportadores, que regressam para a cidade de Oiapoque. O trabalho deles é tão somente ultrapassar a Grand Roche a pé e escolher o local do embarque e desembarque para enganar os agentes do posto policial.

Quando o período é de chuvas e a maré está alta, a situação muda, porque se torna possível passar pela cachoeira do Caxiri, em território brasileiro. A travessia depende da altura da água. Na maior parte do tempo, porém, a passagem que se faz pelo salto da Grand Roche é obrigatória.

- Você já passou pela Grand Roche, Dendy?

- Uma vez.

- Ficou com medo?

- Foi...

- Da cachoeira?

- É. Faz um barulhão. A catraia tremia toda.

O casco das catraias é feito de metal. Quando a água revolta bate no casco, o barulho é, realmente, terrível. E, se o casco bate em alguma pedra, o barulho pode levar o passageiro a acreditar que o naufrágio é inevitável. Eu podia imaginar os estalos da correnteza violenta contra o casco metálico da catraia, o ronco do motor na sua maior potência e o trovão da cachoeira. Assustador.

- E da caminhada pelo mato, ficou com medo?

- Foi. De cobra. De ninho de jacaré.

Caminhar pela margem do rio tem esse risco adicional. O jacaré faz o ninho e põe os ovos em um pedaço de terra firme, seca e quente, mas que fique perto do rio. Cobre o ninho com folhas, galhos e areia. Uma pessoa que esteja caminhando ao longo da margem, em princípio, pode passar perto ou mesmo pisar sobre os ovos. Como há de se esperar, a fêmea fica por perto, em geral, dentro d'água, mimetizada na vegetação da margem, vigilante.

Ao sinal de aproximação do ninho, ela ataca. É um dos perigos de se caminhar próximo dos rios e igarapés.

- Tem que caminhar ligeiro. E dá canseira de subir pelas pedras - continuou Dendy. Depois, madrinha mais eu voltamos para a catraia e eu dormi - encerrou ela.

Mesmo após a travessia da Grand Roche, são mais algumas horas de viagem até chegar ao vilarejo de Ilha Bela, um casario baixo, construído sobre palafitas, nas três ilhotas que o arroio Sikini forma quando encontra o Rio Oiapoque. Dali, já é possível achar um rio ou um igarapé para entrar no Parque Amazônico da Guiana e prosseguir até o sítio do veio aurífero.

Normalmente, porém, as comitivas seguem até Vila Brasil, um pouco adiante, rio acima. De Vila Brasil é possível entrar pelo Rio Camopi, passar ao largo da vila francesa de Camopi e, por outros rios e igarapés, atingir o sítio aurífero no meio da floresta e dar início à instalação do garimpo.

Em geral, em um garimpo financiado por um atravessador, um terço do ouro fica com quem o encontrou, e dois terços vão para o atravessador. Na corrutela, o homem de confiança do atravessador, auxiliado por um ou mais pistoleiros, tem o controle total das operações e zela para que a partilha do ouro se dê dentro da regra dos dois terços. Esta partilha é inegociável e tentar fraudá-la equivale a uma sentença de morte, em geral, executada no garimpo mesmo.

Como não há conexão de celular no meio da floresta, a comunicação é feita por rádio, da barraca do homem de confiança, ou gerente do garimpo, que se comunica com o escritório do atravessador. Assim, qualquer coisa que um garimpeiro queira mandar dizer à sua família passa, obrigatoriamente, pelo rádio do gerente e é escutado pelo atravessador. O controle é total.

A corrutela de um garimpo de tamanho maior tem uma grande tenda de dormitório para os garimpeiros. Existem, além disso, uma tenda menor, que funciona como restaurante e local de festas, e a pequena tenda, para queima do mercúrio, além de barracas de proteção do equipamento e do estoque de materiais. Tem eletricidade, tocada por gerador de diesel, geladeira, freezer, televisão e outras comodidades. Conta com primeiros socorros, refeitório bem abastecido, cachaça e, quase sempre, com prostituição.

As prostitutas de garimpo podem ser agenciadas pelo atravessador, em Oiapoque, ou trabalhar por própria conta, desde que com a anuência prévia do gerente. Prostitutas que conheci em outros momentos me relataram que era possível, tal como Dendy narrou, que a cozinheira e sua ajudante, por exemplo, fizessem a puta à noite. É possível também que a cozinheira limite sua atuação ao preparo da comida e que as prostitutas sejam outras mulheres, que podem residir na corrutela ou apenas visitá-la de tempos em tempos. Todos os arranjos são possíveis.

"É uma prisão de luxo", dizia Zé do Pirão, um catraieiro do Oiapoque que havia sido garimpeiro por muitos anos. Zé do Pirão trabalhou um par de anos em um grande garimpo, financiado por outro grande atravessador do Oiapoque. Zé entregava toda a parte do ouro que lhe cabia para o gerente do atravessador, no garimpo, e o gerente, por rádio, informava a quantia, cujo valor, em reais, era depositado na conta bancária da mulher de Zé do Pirão. Esse atravessador era um homem de palavra. A mulher de Zé recebia o dinheiro e geria as rendas auferidas pelo marido no garimpo.

Deve ter gerido bem, porque Zé do Pirão reformou a casinha na periferia de Oiapoque e comprou a própria catraia, com a qual trabalhava no transporte entre Oiapoque e Saint-Georges. Às vezes, levava turistas para passear pelo rio. Donata, a esposa, tinha trabalhado como doméstica em Oiapoque desde criança, mas, quando o marido começou a ganhar dinheiro com o ouro, deixou a profissão para cuidar da reforma da casa, da aquisição da nova catraia e, como dizia, "dos bacuris" que, no caso, eram umas oito ou nove crianças.

Zé e Donata, na época em que os conheci, tinham construído uma casa ampla e arejada, com churrasqueira de bom tamanho no fundo do quintal, tudo sob a sombra de uma castanheira centenária e majestosa que andava, fácil, pelos vinte metros de altura. A copa deitava sombra sobre a casa e a churrasqueira. Donata assava os peixes na brasa, recheados de alho e ervas, e Zé, como o apelido entregava, fazia o pirão. Fervia a cabeça do peixe, cujo caldo misturava vigorosamente com a grossa farinha de mandioca feita pelos índios e temperava tudo com uma pimenta ardida e saborosa que ele mesmo plantava num cantinho do quintal. Além de catraieiro, Zé era pescador nas horas vagas e conhecia cada curva do rio e as espécies de peixe que vivam em cada remanso.

- Bandeirado, cambéua, tambaqui, pirapema, timbira, cangatá, uritinga, piranha, candiru, guarajuba, camurim, filhote, pirarucu... Zé do Pirão desfilava os sonoros nomes dos peixes da Amazônia.

- Come piranha?

- A gente faz sopa. E come com farinha. É bom - disse.

Ele próprio, no entanto, só pescava para consumo da família e dos amigos. Seu trabalho era o transporte de passageiros e carga entre Oiapoque e Saint-Georges. Por amor à própria paz, nem sequer fazia o trajeto rio acima, até a Grand Roche. Isso lá era coisa de piloto de garimpeiro, em cujas hostes ele já não se alistava mais.

Zé do Pirão e Donata foram os únicos garimpeiros bem-sucedidos que vi saírem bem, com saúde, com algum dinheiro e sem inimigos do garimpo.

O garimpeiro pode sair da corrutela e ir embora quando quiser, desde que reembolse as despesas de viagem e de alimentação e pouso que terá feito com o atravessador. Alguns atravessadores condicionam a partida, ademais, ao pagamento de certa quantia à guisa de "indenização" ou à chegada de um substituto, mas, em princípio, pagando o que é devido, ninguém é obrigado a ficar. O que aprisiona o homem ao garimpo é a ilusão da riqueza imediata, o apelo imemorial do ouro.

Para não ser roubado no caminho, o garimpeiro, em geral, junta-se ao pessoal do atravessador, que leva o ouro do garimpo até o Oiapoque. Da corrutela até o rio navegável mais próximo, o ouro é levado em quadriciclos, um curioso jipinho com quatro grandes rodas e um potente motor, que pode levar um ou dois passageiros e pequena carga. Um quadriciclo passa por qualquer trilha, atravessa qualquer lugar, com água ou com lama, com arbustos ou pedras. Uma esquadra de quadriciclos vai e vem entre os garimpos no interior da floresta e os igarapés, onde atracam as catraias, levando ouro e trazendo artigos emergenciais, como combustível, comida e mercúrio.

Nos garimpos clandestinos e na cidade de Oiapoque, o ouro circula vendido em gramas. O garimpeiro é pago à vista e em espécie. Na época em que visitei a cidade em busca de informações sobre Dendy, existiam, em Oiapoque, uns dez ou doze atravessadores. O ouro ou, pelo menos, parte do ouro que chega dos garimpos é legalizado mediante declaração falsa, segundo a qual teria sido encontrado no município de Oiapoque mesmo. A praxe da declaração falsa é praticada pelos atravessadores, praticamente às claras e aceita tranquilamente por todos. Daí para frente, o ouro - uma parte já legalizada e gerando impostos e outra, disfarçadamente, indo junto, porém, na mais completa ilegalidade - segue para Macapá e Belém, onde é transformado em lingotes, prosseguindo seu caminho para São Paulo e para fora do Brasil, enriquecendo cada vez mais gente.

No fundo, quem menos ganha é o garimpeiro. E quem menos aufere renda é o Estado brasileiro, que não coleta impostos sobre o ouro ilegal nem sobre as rendas, cada vez maiores, dos comerciantes de ouro clandestino. Sucessivamente, o ouro passa por municípios e estados brasileiros, até a venda no varejo ou a exportação do metal, sem pagar nenhum tostão de imposto. O Brasil é um dos grandes produtores de ouro, sem que, no entanto, a sociedade brasileira receba qualquer benefício dessa riqueza. Quanto maior o garimpo, maior a pobreza em torno dele.

Um garimpo pequeno é totalmente desprovido de conforto. Não existe a grande tenda coletiva. Os garimpeiros dormem em qualquer lugar onde possam amarrar a rede, cobertos por um mosquiteiro ou, à moda dos índios, protegidos dos mosquitos e do frio da noite na floresta por um braseiro fumacento aceso debaixo da rede. Não há máquinas. Com sorte, pode haver uma draga ou uma pá carregadeira que arranca a areia do fundo do igarapé ou do barranco do rio, para jogá-la em peneiras artesanais, que os garimpeiros mesmos batem ou fazem vibrar com um pequeno motor.

- Lá no garimpo onde você morava, tinha draga?

- Tinha - respondeu Dendy, desconfiada.

Fiquei em silêncio por alguns minutos. Não podia acelerar mais o interrogatório. Falamos um pouco de amenidades, da rotina do hospital, do período chuvoso que terminava, coisas assim. As indicações que Dendy me dava, porém, alertavam-me que a madrinha e ela deveriam morar em um pequeno acampamento. Quase invisível, no meio da floresta, pois, nos garimpos menores, poucas árvores são cortadas, de maneira que as copas oferecem proteção contra a vigilância da polícia, que patrulha a área de helicóptero. Em um pequeno garimpo invisível, o estupro sofrido por Dendy tinha grande possibilidade de ficar impune. A madrinha e os garimpeiros deviam saber disso. Eu, porém, não ia desistir.

Se o pequeno garimpo fica protegido pelas árvores e não tem muita sofisticação, o grande garimpo é visível do alto e de longe. Com as árvores todas cortadas, o trabalho de injeção de água e mercúrio no solo logo transforma a área em um grande areal amarelado, repleto de lagoas de água marrom, opacas, visivelmente contaminadas pelo mercúrio e pela movimentação de terra. Estas se alternam com colinas de areia parda, em um cenário desolador e que geralmente não passa desapercebido pelo helicóptero da polícia.

Ao garimpo em fase de prospecção, aplica-se a expressão *green field*, isto é, campo verde, pois o mato ainda não foi cortado. Quando começam as primeiras explorações, diz-se que o garimpo está no *brown field*, o campo marrom, onde não há mais árvores nem campo, e se faz a movimentação de terra. Muitas vezes, em vários lugares do Brasil, são as grandes empresas de mineração que compram o *brown field* dos garimpeiros, para prosseguir na exploração do veio com máquinas ainda maiores e mais especializadas. Assim, quando pedem o direito de lavra, já sabem que há ouro naquela parcela de exploração. Novamente, quem menos ganha é o garimpeiro.

No caso da Guiana Francesa, porém, a presença das grandes empresas não é possível, porque o garimpo e a mineração estão totalmente proibidos dentro dos parques nacionais franceses. Lá, todos os garimpos são clandestinos.

A repressão aos garimpos clandestinos é encabeçada pela Gendarmerie, com o apoio das Forças Armadas estacionadas na Guiana Francesa. As equipes se deslocam em helicópteros e aterrissam, de surpresa, na clareira do garimpo, com armas e equipamentos para destruir as máquinas usadas pelos garimpeiros.

Como as máquinas usadas nos garimpos maiores são pesadas, é muito caro apreendê-las e levá-las para Caiena. Restituir o maquinário aos garimpeiros, no entanto, seria contraditório e contraproducente. Equivaleria a estimular o reinício das atividades clandestinas. Como restituir uma pistola a um assaltante.

Por isso, os policiais franceses, tal como a lei permite, optam por jogar bombas de calor dentro das retroescavadeiras e de outros maquinários. A temperatura sobe rapidamente no perímetro de irradiação das bombas, que é de poucos metros, mas o suficiente para derreter parte do equipamento ou retorcer irremediavelmente os elementos metálicos. Nas barracas, *carbets*, roupas e equipamentos menores é ateado fogo. As canoas metálicas são serradas. O casco se parte em três pedaços, impossíveis de serem soldados juntos novamente.

A descida dos policiais e soldados na corrutela é violenta e desorganiza totalmente o funcionamento do garimpo. Inobstante, os garimpeiros, mais cedo ou mais tarde, regressam e recomeçam as buscas pelo ouro.

No período em que fui cônsul em Caiena, os garimpeiros brasileiros mantinham quase quinhentos desses garimpos clandestinos no interior dos parques nacionais franceses. Desses, cerca de cem seriam de grande porte. Os outros quatrocentos, apenas pequenos garimpos artesanais.

Com tantos pequenos acampamentos, ia ser difícil achar o garimpo de Dendy, pensei. Quatrocentas pequenas agulhas espalhadas no maior palheiro do mundo. Seria o caso de desistir? Pensei várias vezes em desistir, mas os relatos de Dendy sempre me fizeram continuar, até que nada mais fez sentido.

Dendy, caminhando ao meu lado pelo corredor do hospital, havia emudecido após a minha pergunta sobre a procura do ouro com o detector piu-piu. Resolvi falar sobre coisas mais fáceis, do dia a dia da corrutela, sem conexão direta com o garimpo:

- O que é que você e a madrinha mais cozinhavam?

- Peixe.

- Quem é que pescava?

- Os home.

- E os homens não caçavam bichos no mato?

- Caçavam às vezes. Caititu, queixada e macaco.

A queixada e o caititu, que, nas demais regiões do Brasil, são conhecidos como cateto ou porco-do-mato, são dois mamíferos de porte médio, primos próximos do porco doméstico. A queixada é maior, mas o caititu, menor e de carne mais saborosa, é mais apreciado. É difícil caçá-los, porque ambos animais são agressivos e vivem em bandos. Se o bando ou se um indivíduo se sentir ameaçado, o grupo inteiro ataca. São perigosos, não só por serem gregários, mas, também, pelas presas, grandes e fortes. Devido à tração mecânica das presas do animal na carne e nos ossos humanos, uma mordida pode ser mortal. Se não for por ela, em si, pela infecção que, certamente, irá se desenvolver. A boca das queixadas e caititus é lar de muitas bactérias, às quais o animal tem resistência mas, nós, não. Caça perigosa.

É possível achar, no meio do mato, a trilha do bando de caititus, que passam quebrando arbustos e revolvendo o solo, arrancando raízes e virando pedras em busca de alimento. Seguindo a trilha, principalmente se os traços dos animais forem recentes, o caboclo arma uma tocaia e consegue caçar um deles com um risco bem menor. A onça também tem medo do bando de caititus e não os enfrenta. Ela também arma uma silenciosa tocaia nos galhos altos das árvores e ataca o último caititu do bando, isolando um indivíduo, para poder caçá-lo sem maiores riscos. Na disputa pelo caititu, o caboclo não está sozinho.

Ainda que se trate apenas de uma velha draga, o barulho das máquinas do garimpo afugenta tudo o que vive na mata, exceto, talvez, os macacos, que são curiosos e sempre vão ver o que está acontecendo. Nessas ocasiões, um ou mais macacos podem ser abatidos e, em seguida, consumidos, pois sua carne também é apreciada. Na verdade, o caititu, a queixada e o macaco são as principais fontes de proteína vermelha à disposição do caboclo da Amazônia. Fora isso, a proteína é o peixe que vem do rio.

- Pra cozinhar, tinham sal e óleo?

- Sim. E tinha pimenta, que o seu Antonho fazia.

- Quem trazia?

- Madrinha ia comprar.

- Não tinha um comerciante de ouro no Oiapoque que mandasse os produtos pra vocês?

- Não.

- De quem era o garimpo?

- Sei não. De todo mundo, eu acho. Tinha seu Cicatriz pra apartar as brigas.

Dendy respondeu sem pensar. Mas, assim que ela pronunciou o nome do pistoleiro, vi que se assustou com a própria resposta. Falar no Cicatriz devia estar no rol das coisas altamente proibidas.

Ao mencionar uma espécie de autogestão do garimpo, Dendy me fazia entender que, definitivamente, tratava-se de um pequeno sítio, de pouco ouro, dividido apenas entre aqueles que o geriam, tendo o Cicatriz como pistoleiro encarregado da segurança. Um atravessador, porém, deveria estar presente ao final da cadeia de produção do garimpo, para comprar e legalizar o ouro na cidade de Oiapoque, ou fazer transações bancárias para os familiares dos homens no garimpo.

- Madrinha fazia as viagens para comprar coisas na Vila, não é?

- Fazia.

- Vila Brasil?

- É.

- De voadeira?

- É.

- A voadeira era dela?

- Não.

- De quem era?

- Sei não.

Devia ser do seu Antonho, ou do Cicatriz, de algum dos garimpeiros ou, ainda, talvez ela tomasse a voadeira emprestada de um e de outro, alternadamente. Dendy não iria responder mais nada sobre a canoa. A lista das coisas sobre as quais ela não podia falar era extensa.

- Seu Antonho não ia no garimpo?

- Não. Não gostava.

- Ele fica em Vila Brasil?

- Fica. Pesca e salga peixe e fazia garrafada de pimenta para vender na feira da Vila. Mas não ia no garimpo não. Tinha pinimba com uns home, lá, nos garimpos.

Dendy se calou abruptamente. Sentiu que estava falando demais.

Resolvi voltar a perguntar sobre a cozinha e sobre a comida na corrutela, assuntos que ela abordava com mais confiança.

- Tinha geladeira na corrutela?

- Tinha não.

- Como é que guardava carne? Se caçassem um caititu, comiam o bicho todo de uma só vez? Ou guardavam um pouco? Como é que fazia com a carne que sobrava?

- Peixe era pescado um grande ou dois pequenos, por vez. Carne de caititu sobrada madrinha secava no Sol. Às vezes, dava bicho, mas a gente tirava o bicho e fazia sopão de carne.

- Como?

- Bota farinha, sal e cachaça no sopão. Fica bom. Mas tem que tirar todo bicho da carne antes. Se os home vê bicho, come igual, mas não paga.

Resolvi mudar um pouco de assunto.

- Qual é a comida que você mais gosta?

- Chocolate!

- E a madrinha comprava chocolate para você?

- Um. Um chocolate de barrinha.

- Como assim? Só uma barrinha de chocolate?

- Chocolate de barrinha amolece no mato. É muito quente. A gente não tinha geladeira. Daí, dá formiga e não dá mais para comer. Madrinha trazia barrinha de chocolate, eu comia, pronto, não precisava guardar. Mas eu gostava também de Todyynho.

- Toddynho não estraga, ou estraga?

- Se ficar fechado, não estraga. Se abrir, tem que tomar todo.

- E você tomava muito Toddynho?

- É.

- Madrinha que comprava os Toddynhos para você? Na Vila?

- Madrinha comprava na Vila, vendia pros home na corrutela, os home dava pra mim quando eu atendia eles.

Meu Deus, pensei, meu Deus. Dendy era paga em leite achocolatado de caixinha, que a madrinha devia intermediar a peso de ouro com os garimpeiros.

CAPÍTULO 8

O Putanic

Pajé Petalacinho apareceu, providencialmente, no Consulado no final de certa manhã, para vender farinha. Por tradição, os índios fazem diversos tipos de farinha de mandioca, que costumam comercializar nas feiras das cidades mais próximas ou em barraquinhas, junto às aldeias. A tribo de pajé Petalacinho sempre fora uma das grandes produtoras de diversos tipos de farinha, que, historicamente, trocavam por utensílios com índios de outras tribos. Após a chegada dos europeus, passaram a vender farinhas, de sorte que o produto não era apenas alimento, mas moeda de troca e um elemento de socialização em torno do qual girava parte da vida comunitária.

Em 1993, com a fundação da União Europeia, a França teve que aderir aos padrões de qualidade dos alimentos estabelecidos para o mercado europeu, o que incluía também o mercado da Guiana Francesa, visto que é um Departamento Ultramarino da França. A farinha feita pelos índios, obviamente, não se encaixava nos padrões da União Europeia e sua comercialização foi, então, proibida. Por ser um produto tradicional das etnias indígenas, podia ser feito e consumido nas aldeias, mas não era permitido nos mercados urbanos. Nem nas feiras livres nem nas lojas convencionais.

A proibição foi um grande choque para os índios. A venda das farinhas de mandioca era essencial à vida da tribo em todos os aspectos. A proibição de 1993 atingiu-os em cheio, embora as autoridades francesas não se empenhassem muito em impedir a comercialização nas pequenas aldeias e por produtores individuais, até porque seria uma afronta ao modo de vida tradicional dos indígenas. A farinha, afinal de contas, não era exportada para o mercado europeu metropolitano.

Finalmente, e devia correr o ano de 2008 ou 2009, o Conselho Regional da Guiana Francesa decidira construir uma casa de farinha, nos moldes dos indígenas, mas com todos os requisitos sanitários da produção de alimentos da Europa. Ou seja, uma casa de farinha indígena, tradicional nos métodos e formas de uso, mas que atendesse às especificações de higiene do mercado europeu. A partir da inauguração da casa, a farinha feita naquele local passou a ter a certificação europeia e sua comercialização tornou-se legal.

Pajé Petalacinho tinha se envolvido na questão da comercialização das farinhas produzidas pelas aldeias indígenas e considerou a casa de farinha "à europeia" uma vitória pessoal. Apareceu no Consulado todo contente, para nos vender alguns quilos do produto, anunciando que o próximo passo seria exportar farinha certificada para a metrópole. Inundar o mercado parisiense com a melhor farinha das roças comunitárias dos indígenas da Guiana Francesa, anunciava, entusiasmado. Aproveitou para me perguntar por que o Brasil também não construía casas de farinha para os seus povos indígenas. Eu não soube responder.

De todo caso, provei – e gostei – da farinha fabricada "à europeia". Comprei tudo o que o pajé trazia. Não era muito. Quando Petalacinho visitava amigos e conhecidos sempre levava algo para vender, que podia ser farinha, artesanato ou frutas. Sempre poucas coisas. Não creio que ele ganhasse muito com aquelas vendas, era mais uma maneira de começar uma boa conversa do que um comércio com o objetivo de lucro. Normalmente, o Consulado, onde trabalhavam, naquela época, doze pessoas, comprava tudo o que o pajé estivesse oferecendo. Naquele dia, eu mesma comprei os quase cinco quilos de farinhas variadas, de diferentes espessuras e graus de torrefação. E chamei-o para uma conversa na varanda de meu escritório.

O Consulado funcionava em uma casa de dois andares que fora adaptada para o uso da repartição. O segundo andar, onde ficava a minha sala, tinha uma ampla varanda que circundava quase toda a casa. Sombreada, com uma bela vista para um renque de palmeiras e para a pitoresca igrejinha de Santo Antônio, a varanda era o local em que eu costumava levar alguns visitantes. Além da vista para o bosque de palmeiras e a igrejinha, podia-se desfrutar da brisa do mar, que ficava a menos de um quilômetro do Consulado, embora a praia não fosse visível.

Fui logo dizendo ao pajé:

- Preciso do senhor.

- Claro - assentiu ele.

- O senhor tem que achar um garimpo para mim. Preciso descobrir onde fica um certo garimpo - insisti.

O pajé suspirou.

- Encrenca - asseverou, sem pestanejar.

- Pois é. Mas eu preciso. O senhor tem que descobrir se tem um pequeno garimpo, de pouco ouro, com pouca gente, lá para as bandas do Inini. No garimpo, tem uma mulher e uma menina, que fazem a puta. A menina, que é brasileira, eu tenho que ajudar. Os outros não me importam.

Era mentira, eu queria mandar prender a madrinha e os homens que violentaram Dendy. Mas isso era melhor ficar fora da conversa.

Pajé Petalacinho coçou a cabeça.

- Encrenca, encrenca... Vou ter que ficar duas semanas sem pescar - lamuriou-se novamente o pajé.

- Eu pago - garanti.

- E duas semanas sem mexer na minha roça...

Coçou a cabeça outra vez.

- Bote lá um trabalhador de empregado pra cuidar da roça, pajé. Um cara bom dá conta. Afinal, só por duas semaninhas...

- Custa caro...

- Eu ajudo o senhor. Pago um a mais pro trabalhador.

Ajustamos o pagamento. O pajé queria quinhentos euros, que estava tudo pela hora da morte. Eu disse que só podia pagar trezentos, era pegar ou largar. Fechamos por quatrocentos euros.

O pajé tinha uns compromissos para ultimar em Caiena e me disse que estaria pronto para partir em uns dois ou três dias. Como o Consulado tinha que mandar cadernetas de passaporte para o

Vice-Consulado em Saint-Georges, ofereci carona a Petalacinho na caminhonete do Consulado que levaria as cadernetas. Aceitou, feliz, e lá se foi.

Na verdade, ele ficou mais de duas semanas no mato. Precisou de quase um mês para chegar ao Inini, percorrer a trilha dos garimpos e voltar. Tive que aumentar o valor ajustado inicialmente, para cobrir o que foi uma temporada de um mês embrenhado nas primeiras elevações da serra do Inini.

Quando voltou, o pajé tinha novidades.

– Ouvi falar dum garimpo com uma mulher e uma menina, cozinheiras, mas fazendo a puta também – disse ele.

– O senhor chegou a ir lá?

– Não. Fiquei com medo. Tem garimpeiro que não gosta de índio.

Pajé Petalacinho tinha nascido em uma aldeia indígena na Guiana Francesa, onde seus antepassados viviam desde sempre, e por isso, no mundo dos homens brancos, tinha a nacionalidade francesa originária. Devia ter uns três ou quatro anos de idade quando seus pais foram morar no Brasil, nos arredores de Oiapoque, onde os índios locais tinham organizado uma pequena cooperativa de castanheiros. A mudança fez com que Petalacinho fosse alfabetizado em português.

Alguns anos mais tarde, o pai de Petalacinho, que se tornou alcóolatra e trabalhava cada vez menos na cooperativa, foi preso por roubo. Desesperado por dinheiro para comprar cachaça, o índio arrombou a porta de um caminhão para roubar os pertences do motorista, guardados na boleia. Foi pego, resistiu à polícia, xingou e distribuiu pontapés. Era jovem e forte. Na confusão, um dos policiais quebrou o braço. O pai de Petalacinho foi enviado ao presídio municipal, onde deu continuidade, em marcha acelerada, à sua descida aos infernos. Em menos de um ano, foi brutalmente assassinado por um companheiro de cela.

Com um rol de curumins pendurados na barra da saia, a mãe resolveu regressar à aldeia na Guiana Francesa, de onde, como passou o resto da vida dizendo, nunca deveria ter saído.

Na aldeia, a mãe de Petalacinho tinha familiares e o direito ancestral a fazer um roçado, para o sustento dos filhos, nas terras limpas da tribo. O governo francês pagava-lhe um subsídio, por ser chefe de família uniparental, e radicou-se definitivamente na Guiana Francesa. Petalacinho deu sequência à sua educação, dessa vez, em francês. A decisão de ocupar a posição de pajé foi ordem dos Encantados, espíritos que vivem no fundo dos rios, e que se comunicaram com um tio dele para exigir que Petalacinho se dedicasse à cura das doenças dos índios de sua ancestralidade, fossem elas físicas ou espirituais.

Petalacinho, que, na época, já aprendia com a avó e com o velho pajé da aldeia a selecionar ervas no mato para fazer chás, emplastros e garrafadas, deixou a escola para mergulhar no universo místico da sua tribo. Tornou-se pajé alguns anos mais tarde. Como estava alfabetizado em português e em francês, tocou a ele, além dos chás e dos encantamentos, também a difícil arte de fazer o contato com as autoridades francesas e brasileiras sempre que os índios necessitavam. Àquela altura, a etnia à qual pertencia Petalacinho já tinha aldeias tanto no lado francês quanto no lado brasileiro, e ele terminou como o enlace entre as duas comunidades e as autoridades dos dois países.

O pajé conhecia as agruras que podem surgir no relacionamento entre índios e garimpeiros. Por um lado, os garimpeiros temem que os índios denunciem, de propósito ou por mero acaso, a localização do garimpo. Por outro, os índios consideram que o produto da floresta ou do rio é bem comum. É para quem precisar. Assim, a caça, os peixes, as frutas, os palmitos, as ervas e as flores são todos bens para a fruição de todos. O ouro, achado no fundo dos rios, também é considerado um bem passível de ser apropriado por quem desejar.

Dessa forma, o garimpeiro pode perceber o índio como um possível ladrão de ouro. E o índio percebe o garimpeiro como um usurpador violento dos produtos que os Encantados destinaram à toda gente. Nesse confronto, os índios sempre levam a pior.

Pajé Petalacinho falava devagar.

- Não deu para ir lá naquele garimpo na boca do Inini para tirar teima se era elas ou não... por causa de um tal de Cicatriz, que é o segurança de lá... muito mau ele.

- Cicatriz, o segurança deles, é?

- É. Muito mau.

Cicatriz, o segurança. Pajé Petalacinho tinha realmente achado o garimpo da madrinha e de Dendy.

- O senhor sabe se está por lá a tal mulher, chamada Sinhá, que é cozinheira. E que também faz a puta. Junto com a menina.

- A mulher é Sinhá Manhosa, chamam ela de Sinhá Manhosa no garimpo. Mas não sei se ela ainda está lá.

"Sinhá Manhosa" parecia mesmo ser um belo nome de guerra de prostituta de garimpo. Não iria ajudar muito, todavia, para identificar criminalmente a madrinha.

- Mas o nome, mesmo, de papel passado, o senhor descobriu?

Eu precisava do nome para formalizar a denúncia à polícia e dar início ao processo de busca da madrinha.

Para minha surpresa, o pajé sabia. Os índios da região sabiam. Embora o Inini e os igarapés formadores do Rio Approuague fossem uma região pouco povoada da Guiana Francesa, ali existiam várias aldeias indígenas, de várias etnias diferentes, porém próximas umas das outras. Não eram povos da mesma linhagem de Petalacinho, mas o pajé conhecia vários líderes locais. E os líderes conheciam vários comerciantes que abasteciam os garimpos. Como a madrinha.

Os índios sabem que os brancos só têm nome de verdade se estiver "no papel". Só falado, nome de branco não vale. Por isso, há sempre uma intenção de saber quem é quem "no papel", isto é, nos documentos. Esse conhecimento, porém, não é comum a toda tribo. É uma informação reservada, que circula apenas entre os anciãos – como era, aliás, o caso do pajé Petalacinho.

- A mulher, a tal de Sinhá Manhosa, madrinha da pequena, é Neiti Maria dos Santos. Neiti ou Neide, por aí. Ela comprou farinha dos índios de lá, do Inini, e eles pediram o papel dela. Pra ver. Porque ela comprava fiado. Mas pagou. Só que agora se sabe o nome dela. Ela é meio que um namorinho do seu Antonho, de Vila Brasil, num sabe? Já ficaram juntos...

Pajé Petalacinho sabia tudo.

Do seu Antonho eu já tinha o nome completo, Antônio Joaquim Silva. Consumado piloto de qualquer embarcação que tivesse que passar por rio difícil, já fora contratado para pilotar o Peixe-Boi, o barco do Instituto Chico Mendes de Biodiversidade, na soltura de tartarugas tracajás. A missão colocou à prova sua habilidade de piloto, pois precisou conduzir o Peixe-Boi por furos e igarapés rasos, tortuosos e pouco navegados.

- O cara é bom, é homem da água grande - disse o pajé.

- E a menina, o senhor sabe o nome?

- Sei não. A menina não está mais lá.

- O senhor sabe onde ela está?

- Sei não. Uns dizem que ficou de bucho e teve que ir tirar no Oiapoque. Outros dizem que Sinhá Manhosa vendeu a menina para o Putanic.

O Putanic! Assim, jocosamente apelidado em homenagem ao infausto transatlântico Titanic, o Putanic é um barco-prostíbulo que viaja pelos rios do Amapá e da Guiana Francesa, levando sexo, forró e cerveja aos garimpos da região. As prostitutas são suas únicas passageiras fixas. Somente depois que o Putanic atraca é que os clientes são admitidos a bordo e, quando a farra termina, são despejados antes mesmo de o barco girar o motor para partir.

A entrada do Putanic nos garimpos é triunfal. Todas as moças, com pouca roupa, bonitas, perfumadas, penteadas e maquiadas, dançam, sensualmente, na plataforma de popa, ao som de um poderoso conjunto de amplificadores, enfileirados na borda do barco, com os alto-falantes virados para fora. A música se espalha pela selva e anuncia as atrações da noite.

Os preços no Putanic são fixados em gramas de ouro. Uma grama para subir a bordo. Cinco gramas por cerveja, e não vale beber só uma cerveja: tem que oferecer bebida para a dama também. Dez a quinze gramas de ouro pelo programa. Muito mais, se o cliente quiser passar a noite.

O Putanic lota. Um garimpeiro precisa, no mínimo, de cinquenta a cem gramas de ouro para fazer uma festa razoável. Como o Putanic tem lotação para oito moças, que atendem a mais de um garimpeiro por noitada, a passagem do barco por um garimpo de tamanho médio pode render, no mínimo, dois quilos de ouro. Se passar por dez ou doze garimpos em uma temporada, o Putanic regressa a Oiapoque com mais de vinte quilos de ouro.

Quando o ouro acaba, o garimpeiro tem que cair fora. Cair é a palavra certa, pois, muitas vezes, significa ser jogado na água fria do rio, onde o cliente espanta o torpor da embriaguez e trata de nadar. Delicadeza não é o forte do bordel flutuante.

– O Putanic está comprando menina – acrescentou o pajé.

Eu sabia que Dendy não tinha sido vendida para o Putanic. Mas, se pajé Petalacinho dizia que o barco estava comprando meninas, a prostituição infantil seria quase certa.

Na época, corria o governo de Dilma Rousseff, que tinha uma política assertiva para a proteção às meninas e adolescentes em situação de risco. Normalmente, é muito difícil convencer as autoridades a coibirem crimes sexuais, porque há uma convicção geral que as mulheres agredidas ou estupradas "mereceram" a agressão pois "são safadinhas", ou "não se deram ao respeito". No entanto, com a decisão presidencial de aplicar com firmeza o Estatuto da Criança e do Adolescente (ECA), mesmo os mais renitentes policiais passaram a atender melhor as denúncias de prostituição infantil e abuso de crianças.

Uma das desculpas mais esfarrapadas que ouvi de uma autoridade policial foi a de que "não está fácil para ninguém". Como se a difícil situação econômica tudo justificasse, inclusive a prostituição de crianças. O delegado que me disse isso tinha acabado de comprar um celular novo, bastante caro, que estava carregando em cima da mesa da delegacia. Depois de ouvir que "não está fácil para ninguém", peguei o celular dele, puxei o cabo do carregador e coloquei o celular na minha bolsa.

– O senhor tem razão, delegado. Não está fácil para ninguém. Nem para mim. Por isso, vou levar o seu celular.

Ele deu um pulo da cadeira. Ia falar, mas se recompôs, riu, disse que eu era "impossível" e me estendeu a mão. Parecia um pouquinho, só um pouquinho, envergonhado. Devolvi o celular.

Como as diretrizes de proteção dos direitos da criança vinham do Palácio do Planalto, eu me senti mais segura para investigar o Putanic. Caso encontrasse alguma criança a bordo, seria possível denunciar e dar seguimento à investigação sem desculpas esfarrapadas da polícia para não agir. Achei que valia a pena a pesquisa.

Alguns dias depois, soube, por outros meios, que o Putanic tinha atracado em Oiapoque. As moças não estavam trabalhando. A dona do barco vendia o ouro arrecadado para pagar as que deixavam a embarcação e selecionava novas para a temporada seguinte. O Putanic renova o time de mulheres a cada seis meses, mais ou menos, para evitar que, conhecendo bem o barco, as rotas e a quantidade de ouro que carregava em cada viagem, alguma das moças se sentisse tentada a avisar os amigos e a planejar um assalto ao Putanic. Por precaução, a dona do barco trocava o time de mulheres e as rotas com frequência.

O Putanic não estava amarrado no cais das catraias, no centro de Oiapoque, mas em um pequeno e discreto ancoradouro alguns quilômetros rio acima. Foi Zé do Pirão quem me levou lá, na catraia dele.

- Vou esperar a senhora aqui - disse-me -, enquanto manobrava em direção à margem, alguns metros antes de chegar ao Putanic.

- Certo, seu Zé. Muito obrigada.

Caminhei até o Putanic. Havia sido informada que a dona do barco se chamava Silverona. Subi na passarela do ancoradouro e bati palmas ao me aproximar das tábuas que, entre o ancoradouro e o barco, davam acesso a bordo.

- Ô de bordo! Dona Silverona! Chamei.

- Ei?

Perguntou uma voz de dentro do barco.

Identifiquei-me como cônsul-geral do Brasil em Caiena e disse que precisava falar com ela. Só com ela. Silverona apareceu lentamente na porta de uma das cabines, a silhueta recortada contra a luz do dia. Era uma mulher baixa, atarracada, pelos cinquenta anos intensamente vividos, de pele azeitonada e cabelos muito pretos, molhados, provavelmente de suor, água e sabão, pois fazia a faxina no barco. Usava um maiô antigo, de estamparia graúda e colorida, mas desbotada. A malha não envolvia completamente a cintura grossa, o estômago protuberante e os seios volumosos. Os olhos pretos e miúdos, crivados de rugas, escrutinavam a mim e à passarela do ancoradouro.

- Sim, *siniora*?

Perguntou ela, no falar característico da região.

- Posso?

Botei um pé na borda do barco, estendi a mão para ela e disse:

- Fazendo o favor...

- Claro - respondeu e tratou de me ajudar a pular para dentro.

Ali mesmo, no costado do barco, expliquei à Silverona que havia uma lei que proibia ter menor de idade na prostituição e que eu estava ali para conversar com ela sobre isso. Leis pareciam ser coisas muito abstratas para a dona do bordel flutuante. Com o intuito de tornar a conversa mais concreta, disse que a presidente tinha me encarregado de fazer valer esta lei e tirar meninas menores de idade da prostituição. O que não deixava de ser verdade, porque as leis eram federais.

Silverona respondeu que era uma coisa boa botar um freio na questão de pegar criança "para esta vida".

- Uma coisa boa - repetiu ela, embora a afirmação não significasse grande coisa.

Perguntei se tinha menina ou adolescente a bordo, ou se estava, por exemplo, contratando ou comprando meninas. Disse isso educadamente, em voz baixa, e repeti que era ordem vinda "de cima". Falei ainda que eu respeitava o trabalho de todo o mundo, mas que, lá em Brasília, queriam dar um freio nessa coisa de menina da vida. Eram ordens. Simples assim.

A proprietária do Putanic não respondeu imediatamente. Pensou um pouco. E me disse:

- Pra responder essa questão pra senhora, eu queria uma coisa antes.

- Sim, pois não.

- Que a *siniora* viesse almoçar comigo amanhã aqui no meu barco.

- Claro! Desde que a senhora me deixe trazer o champanhe produzido na Guiana Francesa para a gente fazer um brinde juntas.

Silverona riu. Tinha poucos dentes. E marcou para o dia seguinte, ao meio-dia.

Zé do Pirão me levou a Saint-Georges para comprar o champanhe e, no outro dia, pontualmente, lá estávamos no costado do Putanic. Zé, esticando o pescoço para esquadrinhar as entranhas do tão falado barco. Eu, sendo rebocada, com champanhe e tudo, pelo braço forte da dona do barco, em um tranco só, para dentro do Putanic.

Silverona fazia trabalho considerado masculino, como limpar o barco, carregar provisões, abastecer, pilotar e ancorar a embarcação. Haviam me relatado, também, que era ela quem comparecia na hora de apartar brigas, expulsar garimpeiros atrevidos ou maus pagadores e, como já havia acontecido uma vez, repelir ladrões de ouro. Era excelente atiradora e exímia com o terçado.

Caso, porém, a demanda excedesse a oferta e o time das moças precisasse de reforço, Silverona passava por uma transformação. Não era só o penteado, o vestido novo ou a maquiagem, embora isto sempre conte. A transformação era completa, rápida e, vamos dizer assim, interior. Surgia, subitamente, uma mulher real, inteiramente feminina, que até então não se podia imaginar.

Testemunhei essa transformação quando, ao final do almoço, ela resolveu me mostrar como é que se dança o marabaixo amapaense, explicando que não se pode confundir o marabaixo de Macapá com o carimbó de Belém do Pará. São ritmos parecidos, sim, mas, na opinião de Silverona, que era uma amapaense apaixonada pelo seu estado, o marabaixo era muito mais bonito. Eu já havia visto várias exibições daquela dança que, afinal, é a mais popular do Amapá. A dona do Putanic, todavia, era um espetáculo à parte. Dançava muito bem, com uma leveza e graça insuspeitas para os que a vissem consertando o motor do barco.

O almoço foi estupendo. Uma das moças tinha conseguido comprar, com um pescador apaixonado, um dos melhores peixes de rio, o camorim, peixe conhecido no sul do Brasil como robalo. Silverona, era, também, a cozinheira de bordo. Escolheu o cardápio e temperou a comida, mas, como era também a única anfitriã, entregou o cozimento final a uma das moças que levava jeito para as panelas, e foi tomar um caprichado banho de rio na prainha do pequeno riacho que desaguava no Rio Oiapoque.

A água do Oiapoque é barrenta, mas não tem poluição industrial e a contaminação sanitária está restrita ao trecho da cidade de Oiapoque, onde os dejetos são lançados diretamente no rio. O Putanic, porém, estava atracado acima do cais da cidade, em uma pequena enseada formada por um igarapé que desaguava no

Oiapoque. A água do igarapé era limpa e translúcida. Corria sobre um fundo de pedras, formando pequenos poços, onde uma pessoa que nadasse medianamente podia até dar pequenos mergulhos.

Quando cheguei, Silverona estava recém-saída da água fresca do igarapé. Bermuda clara, blusa verde escura com gola bordada, sandálias novas, de plástico colorido, verde, branco e preto. Anel de ouro, corrente de ouro no pescoço e pulseira combinando com o relógio dourado. Bastava olhar para a mulher e qualquer um saberia qual era seu objetivo naquela empreitada na selva. Devia estar usando uma ponte móvel, pois não mais se notava a falta de vários dentes na mandíbula inferior. O sorriso era totalmente desinibido.

Silverona tinha feito um ensopado de camorim em um molho que tinha algo de moqueca e algo de escabeche, no ponto exato da mistura. As postas de camorim vieram na própria panela de ferro onde haviam sido cozidas. Quando ela levantou a tampa do caldeirãozinho, o perfume dos temperos se espalhou pelo salão do barco. Em seguida, veio uma baciada de mandioquinha desmanchando no molho de pitu, um tipo de camarão de água doce, e um prato com cebolas carameladas. Acompanhava tudo uma rosca de milho fumegante, recém-saída do forno, e um vinagrete no qual eu pude sentir o perfume das ervas da Provence. Entendi que ela também devia fazer suas compras de tempero no lado francês do rio.

A sobremesa foi sorvete de cupuaçu, trazido, para meu espanto, da sorveteria Cairu, de Belém. Havia um comerciante em Oiapoque que trazia o sorvete de Belém para atender aos clientes especiais, entre os quais, Silverona. Quando o Putanic atracava em Oiapoque, umas das primeiras caixas a chegar para embarque – e para homenagear a dona – era a do sorvete. Caríssimo, por sinal. A proprietária da embarcação, porém, não dispensava os sorvetes Cairu quando estava em Oiapoque. Pagava qualquer preço. Meu champanhe, que foi aprovado, ela tomou em pequenos goles, deliciada, rodando a taça na mão e contemplando, sorridente, as borbulhas douradas. Estava envaidecida com minha presença a bordo.

Havia umas quatro ou cinco mulheres já contratadas a bordo do Putanic. Nenhuma almoçou conosco, mas todas ajudaram a servir a mesa e o champanhe. Cada prato vinha da cozinha trazido por uma mulher diferente, todas com vestidos muito justos e muito curtos, em cima do qual levavam posto um avental engomado. Não me pareceu que a roupa fosse destinada a provocar impacto, estranhamento ou sedução. Eram só os fatos: afinal, a única roupa que as moças tinham a bordo era aquela, condizente com a atividade que iriam exercer nos próximos meses. Os aventais, recém-comprados de uma artesã local, eram impecáveis.

À mesa, sentamos apenas Silverona e eu. Ela tagarelava, falando da qualidade dos peixes, do tempo de pesca e de defeso, dos rios por onde passava, do tempo e das nuvens que desenhavam chuva no horizonte. E eu, esperando a oportunidade de cobrar uma reação dela à minha gestão sobre a ilegalidade da prostituição infantil.

A oportunidade não aparecia, Silverona não deixava. O almoço terminou, vieram a sobremesa e o café, veio a dança de marabaixo e, quando eu já me levantava para despedir-me – e tentar, pela última vez, obter uma resposta –, Silverona decretou:

- Agora, a *siniora* tem que conhecer meu barco!

O Putanic era uma embarcação apropriada para a navegação fluvial, de fundo chato e de pouco calado, apta para navegar em águas rasas durante a estação de seca. Tinha uma pequena cabine de comando na frente, onde um aro de metal fazia as vezes de timão. Ao lado, um diminuto, porém vistoso sonar de pesca, que Silverona iria esclarecer, mais adiante, ser de fabricação alemã.

- Presente de um amigo nosso de Caiena - apressou-se em esclarecer a dona do barco.

Eu, porém, não estava lá para pedir nota fiscal dos equipamentos. Deixei-a continuar falando. Com o sonar, prosseguiu ela, podia-se localizar cardumes de peixes e lançar a rede certeira e, assim, da própria pesca, garantir o almoço de todas. E o petisco para acompanhar a cerveja dos clientes.

Silverona fez uma pausa. Em seguida, como se estivesse contando um segredo, sussurrou:

- Rio acima, na curva grande, antes das pedras, tem uma cova no fundo do rio. Lá a água tem quase sempre uns cinco ou seis metros de profundidade, mas foi lá que o sonar achou um grande buraco no fundo do rio. No leito do rio, a *siniora* sabe. Uma cova de mais de doze metros de profundidade.

- A boca da cova - complementou Silverona - tem uns três metros de largura. Mas é funda! Doze metros, a *siniora* imagina, pra um tanto de rio que fica na base de cinco ou seis quase o tempo todo...

Parou, para tomar fôlego, e concluiu, respeitosa:

- É lá que mora a Mãe do Rio. A Uyara.

A Uyara, ou Yara, Mãe d'Água ou Mãe do Rio, é a divindade indígena que vive nas águas e protege os rios, as criaturas que neles vivem e os navegantes[10]. Se for apaziguada, bem entendido, com presentes e rituais; caso contrário, a Mãe d'Água pode ser má e vingativa. Silverona tinha comprovado cientificamente, com um sonar de fabricação alemã, a exata localização da casa da poderosa senhora das águas, onde ela jogava presentes cada vez que passava por lá, para a mais completa satisfação da divindade. Oferendas entregues na porta da residência, com precisão germânica.

- É sempre bom contar com a ajuda dos encantados - disse eu.

Silverona estava pensativa olhando a água do rio.

- É...

- A dona Uyara - murmurou ela, circunspecta. A simples menção do nome já era uma prece. Fez o sinal da cruz. Eu também fiz.

Atrás da cabine de comando, alinhavam-se seis quartinhos, três de cada lado, para as meninas. Em seguida, o depósito de mantimentos e, após, uma pequena cozinha, com um balcão ao lado, onde os clientes podiam beber e mordiscar peixe frito. Fora nesse local que havíamos almoçado, mas a mesa já havia sido retirada e as meninas estavam estendendo as redes para o descanso da tarde. Vieram todas despedir-se de mim. Todas jovens, mas, claramente, maiores de idade. A visita estava quase acabando, mas minha indagação sobre prostituição infantil a bordo do Putanic continuava sem resposta. Achei que Silverona, simplesmente, não queria

10 A Uyara ou Yara, presente na mitologia de grande parte dos indígenas brasileiros, foi absorvida pelas religiões afro-brasileiras como Oxum, a deusa das águas doces e frescas e, por associação, também da gestação e da vida. O culto às duas divindades pré-cristãs transformou-se, por sua vez, em devoção mariana dentro da Igreja Católica, dando origem às diversas romarias marítimas ou fluviais em honra à Nossa Senhora que ocorrem em várias cidades brasileiras.

falar. Tratara-me muito bem, oferecera-me um pequeno banquete, entretenimento e um *tour* pelo barco. Isso parecia ser tudo.

Cumprimentei todas as moças e dei um cartãozinho meu para cada uma delas, dizendo que me ligassem, para qualquer coisa. Que eu estava à disposição. Silverona ajudou-me a descer do barco e nos despedimos. Comecei a caminhar sobre o estreito e precário píer de madeira que levava à margem do rio, lentamente, pois o píer oscilava sobre a água junto com o Putanic, que nele estava amarrado. Em um arroubo, Silverona desceu da embarcação e me alcançou no meio do píer. Estendeu-me formalmente a mão e declarou:

- Dona Conça, a senhora me fez muita honra com a sua visita; a senhora pode mandar dizer pra presidenta que aqui, no meu estabelecimento - e apontou o Putanic com um gesto largo - não tem e nem nunca mais vai ter muié-dama de menor.

Agradeci e disse que sim, que ia avisar.

Antes de ir embora, não resisti à tentação de perguntar à Silverona como é que ela conseguia se transformar de piloto de barco, bom de máquina e bom de briga, em bailarina, e vice-versa.

- Muitas habilidades a senhora tem.

Ela sorriu, meio cúmplice, meio constrangida, e repetiu a frase do delegado:

- Pois é... não está fácil para ninguém, não é?

Dessa feita, porém, a frase era verdadeira.

Quanto à promessa de nunca mais ter muié-dama de menor no Putanic, soube que ela manteve a palavra.

CAPÍTULO 9

Bikk

Embora eu tivesse conseguido o nome completo da madrinha, continuava difícil buscar os traços do passado de Dendy e, também, o paradeiro da tal Sinhá Manhosa. Entendia a razão de tanto segredo. A madrinha sabia que prostituição infantil é crime hediondo e que, se descoberta, ela iria ser punida, no Brasil ou na França. Era, por conseguinte, uma busca bem mais complicada do que parecia inicialmente.

A polícia já havia sido acionada e não havia encontrado nada. Pajé Petalacinho havia localizado o garimpo e o nome completo da madrinha. O paradeiro, porém, ainda era desconhecido. Continuaria procurando por meio da minha pequena e discreta rede de informantes até ter dados suficientes para informar o comissário Latour e contar, então, com a intervenção da polícia francesa. Enquanto isso, dona Nadália continuava a busca pela família de Dendy no Curiaú e em Macapá.

Dona Nadália, aliás, havia telefonado com mais informações. Sabia que as comunidades do Curiaú passavam, ciclicamente, por períodos de escassez de chuvas e, por isso, de baixa dos níveis de água, tanto do Rio Curiaú quanto dos campos inundados. Com menos água e com trechos menores de cobertura aquática, faltava alimento para os peixes. A pesca reduzida lançava a parcela mais pobre das populações à miséria e à fome. Diante do cenário avassalador, restava às famílias entregar os filhos a terceiros, para que as crianças tivessem mais oportunidades e para que o resto do grupo repartisse o pouco que havia.

A última seca ocorrera há alguns anos. Se o raciocínio de dona Nadália estivesse correto, Dendy deveria ter sido entregue à madrinha com quatro ou cinco anos de idade.

Alternativamente, outro momento no qual as famílias pobres entregam um filho para terceiros é quando nasce outro. Ou, quando nasce, como o ceguinho Jubá, uma criança cujo cuidado demandará mais recursos e mais presença da mãe, que trabalhará menos horas para atender ao bebê. Incapaz de cuidar de todos e, em especial, do caçula com deficiência, a mãe de Dendy poderia tê-la entregue à madrinha naquela ocasião.

Isso nunca se saberá.

Desde quando a madrinha prostituía Dendy, eu também nunca soube. Mas, certamente, desde o momento em que a menina começou a viver com a nova guardiã pelos garimpos, foi colocada para trabalhar nas tarefas caseiras. Era certo que nunca havia ido à escola.

- Você ia à escola?

Perguntei-lhe, um dia, durante um de nossos passeios pelo hospital.

- Não.

- No Curiaú não tinha escola?

- Tinha não. Perto da minha casa tinha não. Só longe.

- E na casa de madrinha?

- Madrinha não tinha casa, só barraca na corrutela. Casa na Vila, não.

- Não tinha escola na corrutela?

Pergunta boba a minha, pensei, mas Dendy respondeu:

- Não.

- Ninguém ensinou você a ler?

- Não.

Todavia, Dendy sabia contar, somar e subtrair. Quando perguntei como havia aprendido, disse que madrinha ensinara.

- Pra cobrar o "pê-fê" - explicou.

"Pê-fê", ou "pê-efe" em outras regiões do país, era o prato-feito, a comida que já vem servida em um prato a um custo fixo. Pelo jeito, era assim que a madrinha vendia comida.

- Você que cobrava a comida na barraca de madrinha?

- Era.

- E a madrinha?

- Ficava no fogão. Fazia os "pê-fê".

- E você?

- Fazia "pê-fê", mas daí eu queimei a minha mão e madrinha ficou com medo que eu me queimasse mais e me mandou trabalhar levando prato e pegando dinheiro.

- Dinheiro ou ouro?

- Dinheiro era por "pê-fê", ouro era pelo mês. Dependia do freguês combinar com madrinha.

Alguns garimpeiros acertavam as refeições mensalmente e pagavam em ouro. Outros, por dia, pagando em dinheiro a cada vez, porque o ouro que circula no garimpo é em pó ou em pepitas e, dificilmente, tem como dar, por exemplo, o troco. Melhor fazer uma dívida mensal e acertar, ao final do mês, com um certo peso de ouro. Ouro é o que conta dentro da corrutela. Na ausência do ouro, serve dinheiro. Ou, quando os valores são muito fracionados, dinheiro é mais prático.

- A madrinha tinha balancinha de pesar ouro?

- Tinha.

- Vendia por grama de ouro?

- Uns, sim. Tinha quem pagava mais, adiantado, daí era em "onzatrói".

O preço internacional do ouro é fixado em onças *troy* (*troy ounces*, em inglês), que é a unidade por excelência de comercialização do metal, e equivale a 31.1 gramas. Nos garimpos clandestinos, o ouro circula entre os garimpeiros e prestadores de serviços em pequenas unidades, ou seja, em gramas métricas. Quando há uma transação maior, ou uma prestação mais longa, o preço pode ser calculado em onças *troy*, cujo valor está mais alinhado com o mercado internacional do metal e evita o trabalho de pesar pequenas quantidades de ouro muitas vezes por dia. A lógica do mercado prevalecia, mesmo nas profundezas da floresta, nos acampamentos clandestinos e precários.

Eu conhecia refeitórios improvisados nas corrutelas. Tinha estado em alguns, desbaratados pela polícia, para registrar os cidadãos brasileiros presos. Fiquei imaginando o refeitório precário, improvisado em uma barraca de lona preta, quente e abafada, no meio da floresta amazônica. Chão de terra batida, uma só mesa rústica, comprida, bancos laterais de pernas bambas. E, ao fundo, à beira do fogão, a madrinha, servindo pirão de peixe com a pequena balança de precisão ao lado, para pesar o pagamento em ouro.

O ouro nas corrutelas era, normalmente, guardado em uma latinha de cerveja ou de refrigerante, pois o alumínio não mancha o precioso metal. A latinha era escondida nos lugares mais imponderáveis, do oco de um galho alto ao meio das raízes do palmiteiro, na dobra falsa da própria lona preta ou em qualquer outro lugar que a imaginação alcance. E defendido com a própria vida, se necessidade houvesse.

- E se algum garimpeiro não pagasse a madrinha?

- Aí seu Cicatriz pegava ele.

- E se algum garimpeiro fugisse do garimpo sem pagar a madrinha?

- Seu Antonho pegava ele na Vila Brasil.

- E se fugisse pra Ilha Bela?

- Seu Antonho pegava ele em Ilha Bela.

- E se fugisse pro Oiapoque?

Dendy sorriu como se estivesse ensinando uma lição básica para um principiante:

- Em Oiapoque tem o seu Bico.

O seu Bico eu sabia quem era: Lalat Bikk. Se seu Bico estivesse a postos no Oiapoque para pegar o garimpeiro, ele não fugiria para nenhum outro lugar. Há apenas uma estrada, a BR 156, ligando a fronteira norte com o resto do estado e do Brasil, e ela começa em Oiapoque. Também é possível descer o rio até o mar e, pelo mar, chegar ao Rio Amazonas e a Macapá ou Belém. Os barcos maiores, que fazem essa viagem, partem do Oiapoque. O único aeroporto da fronteira também fica em Oiapoque. E lá estava Lalat Bikk, com seus variados métodos, todos inconfessáveis e muito eficazes.

- A senhora não vai querer saber, embaixadora.

- Tem razão, nem me conte.

Foi esse o diálogo que tive com meu assistente, em Caiena, quando lhe perguntei sobre os métodos do senhor Bikk.

Na semana seguinte, tinha agendada uma viagem de trabalho ao Oiapoque e aproveitei para visitar Lalat Bikk, que, formalmente, era um comerciante de ouro estabelecido na cidade. Dendy, excepcionalmente, ficou a cargo de Madame Vih. Eu já conhecia Lalat Bikk, de tê-lo visto em uma ou duas ocasiões. Quando telefonei para combinar uma visita, Bikk, prontamente, convidou-me para almoçar. Aceitei.

A viagem de Caiena a Saint-Georges dura cerca de duas horas e é feita por uma estreita via asfaltada que serpenteia pela floresta até a margem do Rio Oiapoque. Caiena está à beira-mar e, ao sair da cidade, o viajante tem que subir uma pequena serra, totalmente coberta por mata densa. Os cem quilômetros que separam Caiena de Saint-Georges se transformam, assim, em um trajeto de quase duas horas. As copas das árvores cobrem totalmente a estrada em certos pontos. A massa vegetal é tão espessa que nada se pode distinguir a mais de dois metros da estrada.

Em Saint-Georges, deixei o carro no estacionamento da Police aux Frontières, com quem sempre trocava ideias a cada vez que ia até a fronteira, e embarquei em uma das catraias que cruzam o Rio Oiapoque. Foram cerca de vinte minutos de travessia até a cidade de Oiapoque, onde ocupei a manhã tratando dos assuntos consulares, o que me tomou mais tempo do que eu esperava. Já eram quase duas horas da tarde quando cheguei ao escritório do senhor Bikk.

O almoço foi em uma asseada saleta contígua ao escritório dele, "porque o ar-condicionado aqui é melhor", explicou-me. A casa era separada do escritório apenas por um quintalzinho de velhos azulejos hidráulicos, repleto de vasos, de todos os tamanhos, com orquídeas coloridas. Da cozinha chegou uma farta caçarola de caranguejo catado à moda paraense, uma travessa fumegante com um excelente peixe ao tucupi na pimenta-doce, arroz de jambu e palmito assado. Um copinho de açaí recém-batido com leite em pó e perfumado com cravo foi a sobremesa. Antecedeu o café moído na hora e coado em um grande bule de esmalte azul.

Lalat Bikk, filho de pai surinamês e mãe cabocla do Maranhão, era um homem de estatura mediana, moreno, grandes olhos negros, meio saltados, e uma simpatia irradiante do sorriso que, frequentemente, lhe invadia o rosto. Talvez, em outras ocasiões, esse sorriso, com os dentes muito brancos, fosse feroz. Quando estive com ele, porém, o sorriso era simpático. Aos cinquenta e poucos anos, Bikk não era gordo, mas já não tinha mais o que se poderia chamar de porte atlético. Agitado e falante, comia com apetite e desfrutava do peixe e da cerveja. Com a pele luzidia, a testa sempre perolada de suor e os cabelos lisos já rareando no alto da cabeça, Bikk falou durante almoço inteiro e me contou, entre gargalhadas, a história de sua família. De como a cabocla maranhense, que era sua mãe, saíra do Maranhão e foi parar no Suriname.

Aparentemente, a jovem Madaliny, ou Lily, na flor dos seus vinte anos, saíra de São Luís em um barco de linha, com destino ao Panamá, de onde, julgava a moça, poderia chegar ao México. E, uma vez em solo mexicano, seguir viagem a pé, pelo deserto, para entrar clandestinamente nos Estados Unidos. Um ciclone caribenho, porém, obrigou o modesto barco onde viajava Madaliny a buscar abrigo de emergência no porto de Paramaribo. Foi lá que, já combalida, a embarcação chegou no meio da noite, em plena tempestade. No porto estava, sozinho, no plantão de serviço alfandegário e maldizendo cada minuto, o entediado tenente Bikk, da imigração surinamesa.

Muito aborrecido, o tenente subiu a bordo para carimbar passaportes e deu de cara com Madaliny. Foi amor à primeira vista. Quando o ciclone passou, Bikk não deixou a jovem partir com o navio que a trouxera e, ainda, foi pessoalmente à cabine de comando exigir do capitão o reembolso da passagem do navio. O capitão arguiu que Madaliny havia pago apenas as duas primeiras parcelas do valor, dividido em dez prestações. Insinuou que ela era do cais e que estava pagando pela passagem em espécie.

O amor, todavia, não só é cego e surdo, como inspiram os argumentos mais convincentes. Apaixonado, o tenente da imigração arguiu, com firmeza e valor, a defesa de Madaliny e acabou por convencer o comandante do navio. Em apoio às alegações de sua amada, o tenente contava também com uma vistosa pistola austríaca, cabo de madrepérola e pente de reposição, displicentemente pendurada à ilharga, ao alcance da mão do militar, se fosse o caso. O comandante restituiu o valor integral da passagem.

Com o dinheiro reembolsado, o casal decidiu investir em uma pequena expedição de garimpo e partiu para um setor da floresta do Suriname, onde, diziam, havia diamantes. Madaliny, como se vê, gostava de aventuras. O tenente gostava dela. Largou a farda e foi para o garimpo.

Acharam pequenos diamantes, mas o ex-tenente logo sucumbiu a uma febre tropical. Grávida, Madaliny voltou para Paramaribo, onde deu à luz o filho do casal, batizado com o nome do pai, Lalat. Com os diamantes que trouxera, Madaliny, agora já transformada na respeitável Mrs. Bikk, abriu um ateliê de costura, apropriadamente chamado Maddy's. Lily tinha ficado para trás.

Quando o jovem Lalat tinha quinze anos de idade, Maddy resolveu se casar de novo. Lalat não se acertou com o padrasto e, um ano depois, fugiu de casa para tentar chegar ao Brasil, onde pretendia viver com a avó materna em São Luís. Desceu de Paramaribo, cruzou o rio Maroni, que separa o Suriname da Guiana Francesa, em plena escuridão. Viajou até Caiena de carona, onde sobreviveu com a ajuda de surinameses, a quem se dizia fugitivo da ditadura que, então, estava instalada em Paramaribo, e de brasileiros, a quem se dizia órfão de pai e mãe em busca da avó maranhense.

Quando, finalmente, chegou a Oiapoque, foi informado que a avó havia falecido. Voltar a Paramaribo? Nem pensar. Sem a avó, o Maranhão não fazia sentido. Lalat Bikk ficou no Oiapoque. Empregou-se como ajudante nas catraias que subiam o rio em direção aos garimpos. Fez de tudo um pouco. Sua rápida ascensão, de auxiliar de catraieiro a atravessador e comerciante de ouro estabelecido com escritório próprio, porém, nunca foi bem contada. Sabia-se de certos episódios sórdidos e, diziam, de uma fuga da cadeia em Macapá, esta, porém, nunca esclarecida. Eu tinha sido aconselhada a jamais perguntar sobre tais assuntos e, assim, nosso almoço se encerrou na altura do falecimento da avó maranhense. Brindamos à nossa amizade.

Perguntei ao senhor Bikk pela madrinha e compartilhei o que sabia da história de Dendy. Não fazia sentido ocultar nada, porque, sendo Bikk o atravessador associado com o garimpo onde vivia a madrinha, ele já devia saber da garota.

O resultado não foi muito animador. Embora cortês e aparentemente prestativo, Bikk fez questão de me dizer que ele só conhecia a madrinha - aliás, dona Sinhá - de vista, por ter comprado ouro dela uma ou duas vezes. Jurou que nunca tinha conhecido Dendy e que não tinha nada a ver com o garimpo onde ambas viviam. Mas queria ajudar. Ambíguo, disse que não podia garantir nada, ia ver e, qualquer coisa, me avisaria.

Sabia que ele estava mentindo. Bikk devia saber tudo, inclusive o nome completo da madrinha. Iria examinar, porém, todos os ângulos da questão para evitar se comprometer comigo, ou com a polícia, ou com os garimpeiros que financiavam e que lhe traziam ouro. Ademais, somente daria informações quando tivesse certeza que eu não estava gravando seu relato.

Bikk fez questão de me acompanhar até o cais das catraias, na margem do rio. Antes, porém, passamos na casa da tia de Laura para apanhá-la.

Laura era a irmã de minha informante em Vila Brasil, dona Catu, a que vendia carne de sol para os garimpos. Eu estava levando Laura para Caiena, para estudar francês e se preparar para a carreira acadêmica. Era uma maneira de estimular a irmã a me ajudar. Tinha dito que, "se tudo desse certo", eu apresentaria Laura para um professor de Lyon que muito poderia ajudá-la a fazer o mestrado na França.

Laura estava empolgada. Gostava de estudar e sonhava com a carreira acadêmica, mas, sem dinheiro para ir além, restara-lhe fazer a graduação no *campus* avançado da Universidade do Amapá, em Oiapoque, e contar com a boa vontade de seus professores. Um deles me pediu para averiguar, em Caiena, se Laura não conseguiria estudar francês, que ela já falava um pouco, e fazer uma especialização no Centro Universitário da Guiana Francesa, uma forma de avançar rumo ao sonho do mestrado e do ingresso na docência no ensino superior.

Eu ajudaria Laura de qualquer forma, mas o auxílio de dona Catu era precioso para mim no caso de Dendy. Prometi fazer "o que fosse possível" para ajudar Laura. Consegui um curso de francês gratuito para ela. Foi possível arranjar, também, o alojamento universitário, com duas refeições incluídas, pela duração das aulas.

Havia um professor de Lyon que estava interessado em contar com um nativo da Amazônia entre seus alunos de etnologia. Como eu, ele entendia que não se pode estudar uma região tão grande, em todos os sentidos, somente com o olhar estrangeiro. É preciso ouvir, como dizia, "les enfants du fleuve et de la forêt"[11]. Se houvesse alguém que pudesse encarnar os filhos dos grandes rios e do verde a perder de vista, como queria o professor, esse alguém era Laura.

Em princípio, eu não gostava que um informante conhecesse outro, mas, no caso, seria uma precaução ridícula. Afinal, todo mundo sabia que o senhor Bikk era atravessador de ouro. E todo mundo sabia também que o pequeno comércio da irmã de Laura em Vila Brasil era frequentado por nove em cada dez comerciantes que abasteciam os garimpos. No caso, quando Bikk e Laura viram um ao outro, ambos ficaram cientes do quão importante era, para mim, a investigação sobre Dendy.

Descemos ao cais. Tinha fila para entrar na catraia, que ainda estava despachando os passageiros e a carga trazidos de Saint-Georges. Bikk voltou-se para Laura e disse:

- Fique na fila, menina, que tenho que dar uma palavrinha com a cônsul aí.

E apontou para o *carbet* que ficava na entrada da rampa de embarque. Vi que o senhor Bikk queria relatar algo. Fiz um pequeno gesto para Laura, pedindo-lhe que ficasse na fila.

Mal chegamos no *carbet* e Bikk entrou de rijo no assunto:

- A tal dona Sinhá que a senhora tá atrás. A madrinha da menina Dendy. A amiga do seu Antonho de Vila Brasil.

- O senhor lembrou de algo?

- *Oh là là!*

Bikk falava holandês, táki-táki, que é o dialeto surinamês, inglês, francês e português, corretamente e sem misturar vocabulários e gramáticas. Certas expressões, porém, ele preservava em todas as línguas. *Oh là là* era uma delas.

- Lembrou?

---

11 "as crianças do rio e da floresta".

- ...tô lembrando agora. Elas tavam numa corrutela de nada, pequena, pequena, no sopé do Inini. Ouro, pouquinho.

- A Sinhá tá lá agora?

- Não...

Olhou para o horizonte que se descortinava depois da curva do rio, conferiu a passagem das poucas nuvens no céu muito azul da tarde equatorial e continuou:

- Que a menina, essa, ah..., Didi, Dendy... que ela tava de bucho, todo mundo sabia. Mas a Sinhá, madrinha dela, sumiu com ela de repente, meio fugida, e não quis contar o que tinha feito. Os home da corrutela acharam que a Sinhá tinha entregado a menina pra polícia ou pro hospital, o que acaba sendo a mesma coisa, porque o hospital sempre chama a polícia.

- Sinhá não entregou a menina para polícia - expliquei e continuei -, ela largou a menina perto da polícia. Perto, senhor Bikk. Não foi na polícia. Largou perto, mas ninguém viu a dona Sinhá. Ninguém viu. Dendy teve que caminhar um pouco e depois foi achada pelos policiais da barreira, trazida pro hospital de Caiena, como eu já contei pro senhor, e está sendo bem atendida.

- Dona cônsul - explicou-me pacientemente Bikk -, garimpeiro tem muito medo da polícia. Já basta só a desconfiança de que Sinhá e a menina tivessem ido na polícia ou no hospital.

E continuou, ante o meu olhar de indagação:

- Porque os gendarmes perguntam daqui, perguntam dali, catucam, descobrem onde é o garimpo, descem lá, quebram tudo, prendem, acabou geral o ouro deles, o sustento deles... o futuro deles... acaba tudo.

- Sinhá não contou nada, garanto ao senhor. Aliás, ela nem viu e nem foi vista pela Gendarmerie. A polícia só pegou Dendy na estrada. Sinhá já estava longe, isto sim. E a menina não contou nada. Só quem fala com ela sou eu. Aliás, ela nem sabe onde fica o garimpo. Eu precisei conversar, conversar, conversar para descobrir, muito vagamente, que o garimpo delas fica perto das montanhas do Inini. Só dizer que um garimpo é no Inini não adianta, como o senhor sabe. São muitas montanhas. E bem longe de tudo. Achar um garimpo no Inini não é coisa para uma criança. E não é fácil nem para os adultos.

- Pois é, sei... mas a suspeita bateu, e pronto. Sinhá sumiu com a menina e a desconfiança se espalhou subindo que nem água de enchente.

- E a madrinha, quer dizer, a Sinhá, agora, cadê?

- Não se sabe. Sumiu. Botou pé no mundo.

- Não deixou notícia, endereço, para onde mandar rádio, essas coisas?

- Não. Sinhá fugiu mesmo. Pegou o ouro que era dela e ainda roubou o ouro de um tal de Cicatriz, que era o mandachuva lá do garimpo deles, e sumiu.

A madrinha roubara o segurança do garimpo! Era muita coragem. Roubar ouro é o maior crime no garimpo, geralmente punido com morte. E, ainda mais, do pistoleiro que fazia a segurança. Agora é que a madrinha estava enrascada.

- Essa daí não volta mais nunca, não é, senhor Bikk?

- Volta nada. Esta tá é longe. E deve tá rica, o tal Cicatriz tava juntando ouro, fazia tempo que não vinha vender na Vila.

- E o seu Antonho?

- Do seu Antonho eu não sei. Não é dos meus.

Também não sabia de nenhuma pessoa chamada Zifá. Nem de quem tinha ou deixava de ter um *carbet* nas margens do Rio Camopi.

Bikk fez um gesto com a cabeça na direção da catraia para Saint-Georges, que se enchia de gente.

- Acho que a fila ali andou - disse.

Ele tinha falado o que tinha para falar. Muito certamente, não tudo o que sabia, mas o que podia.

Desci a rampa até a catraia, entrei e sentei ao lado de Laura, a mala modesta com as roupas da estudante bem segura entre nós duas, para não cair no rio. Catraia lotada. Acenei para o senhor Bikk com meu bonezinho de palha. Ele acenou de volta, cheio de mesuras. Em breve, o Oiapoque inteiro ia saber que o senhor Bikk era amigo da cônsul.

- Atravessador danado este senhor Bikk - disse para Laura, assim que a catraia desamarrou.

O atravessador não só financia as buscas de ouro na floresta e o estabelecimento do garimpo, como também é quem compra e simula a legalização do ouro, declarando que foi encontrado em algum lugar no município de Oiapoque, por exemplo, ou em qualquer outra cidade da região. O financiamento e o garimpo são ilegais e a declaração é falsa, mas ninguém parece se importar com isso, e os negócios prosperam, gerando empregos legais e ilegais. Algum dinheiro pinga nos cofres públicos e, acima de tudo, promovem fortuna e poder político para o atravessador.

Uma vez legalizado, o ouro é revendido e começa a gerar impostos. O atravessador é ilegal, mas é legítimo dentro do tipo de organização que está implantado naquela fronteira.

- Bandido - concluí -, mas um cara legal.

Um bandido legal. No fundo, é o que são os garimpeiros e os atravessadores de ouro. São bandidos, mas são legais. Joalherias e investidores, que sabem muito bem de onde vem o ouro, são legais, mas são bandidos.

Laura, recém-formada em Ciências Sociais, desembestou:

- Foucault, estudando os limites da lei e da legitimidade, da ordem e da desordem, concluiu que não são polos excludentes...

Em tempos normais, eu cortaria a demonstração de sabedoria. Mas Laura, nascida de família modesta no interior do Amapá, estudara com dificuldade e entusiasmo. Eu admirava isso. De certa forma, ela personificava o raro enlace entre as teorias acadêmicas em voga nas instituições universitárias e o país profundo, periférico e quase invisível onde vive grande parte de nosso povo. Não era só por uma questão de mobilidade social que eu queria ajudar Laura na carreira acadêmica. Eram os dois Brasis se encontrando. Melhor assim, pensei, e deixei que Laura falasse.

- São polos, ou territórios complementares, em que um contexto recorta o outro para formar a dinâmica social. Ao problematizar as inconsistências aparentes de uma sociedade...

Laura estava mais acelerada do que o motorzinho da catraia lotada.

- A senhora já leu *Vigiar e punir*?

Perguntou, desconfiada do meu silêncio.

- Não, minha filha. Não li. Estudei Direito em Santa Maria há quarenta anos. Só li o Código Penal, do qual me lembro o suficiente para saber que os comerciantes de ouro em Oiapoque pisoteiam cada artigo do Código, todos os dias. Mas eu sou amiga deles, fazer o quê. É o meu trabalho. E você, já leu *Vigiar e punir*?

Ela tinha lido. Sabia tudo sobre o território da lei e da ordem e o território da ilegalidade e da informalidade e as interconexões imbricadas nos saberes intuitivos dos povos. Ou coisa parecida.

A catraia havia completado um semicírculo nas águas agitadas da correnteza e agora pegava o remanso da curva do rio, descendo mansamente o Oiapoque. Navegávamos ao longo da margem sombreada, onde a luz do Sol era escoada pelas árvores e batia na água sob a forma de brilhos fugidios. A proa fazia um bulício suave ao romper as pequenas ondas macias e frescas. Foucault, por estas bandas, pensei. Que coisa.

CAPÍTULO 10

A descida do Approuague

Já fazia algumas semanas que passeava com Dendy, todas as manhãs, pelos corredores do hospital, com as poucas exceções dos dias em que me tocava viajar para o Oiapoque ou para fazer minhas visitas consulares aos diversos segmentos da comunidade brasileira.

A comunidade se dispersava pelos arredores de Caiena e em outras cidades da Guiana Francesa. Como muitos brasileiros estavam ilegais e tinham medo de percorrer grandes distâncias ou de usar transporte público, eu costumava ir ao encontro deles. Marcava hora ou escolhia uma data festiva daquele segmento da comunidade e ia visitá-los. Era, em um dia, uma visita aos fiéis em uma igrejinha brasileira perdida, nos subúrbios distantes ou em uma pequena comunidade no interior. No outro dia, à rádio, para ser entrevistada. Mais adiante, a uma comunidade brasileira de pescadores estabelecida em alguma praia remota.

Para poder levar Dendy à pediatria e manter, assim, minha palavra com a chefe da assistência social, havia delegado apenas uma ou duas visitas à vice-cônsul. Ou, quando possível, a própria Madame Vih cuidava de Dendy. A maior parte das minhas tarefas, porém, remarquei para a parte da tarde, de maneira que, diariamente, com poucas exceções, eu estava no hospital.

E, diariamente, ao entrar no hospital, eu topava com o comissário Latour. Não conseguia evitá-lo, pois tinha que passar pela porta do escritório dele, que ainda estava esperando que eu lhe levasse informações sobre a situação de Dendy. Um pouco constrangida, cumprimentava-o com meu melhor sorriso, a distância, sem entrar. Já estava, porém, na hora de conversar seriamente com ele sobre o caso da menina.

A polícia francesa não podia ignorar o caso por muito tempo. Um crime sério havia sido cometido em território francês e a engrenagem da justiça precisava entrar em ação. Eu, porém, tinha muito pouco a relatar. Pajé Petalacinho sabia onde ficava o garimpo que, aliás, era pequeno e semioculto entre a mata densa das montanhas do Inini. O pajé não usava GPS, mas saberia, certamente, indicar no mapa a localização aproximada daquele garimpo. A madrinha, porém, não estava mais lá.

A ausência da madrinha tinha sido relatada pelo senhor Bikk e confirmada pelo pajé. Ninguém sabia o paradeiro dela.

A pessoa seguinte a ser investigada, pela sua proximidade com a madrinha, seria o seu Antonho, que morava em Vila Brasil. Para tanto, eu precisava falar com dona Catu, irmã de Laura, que tocava sua pequena indústria de carne-seca justamente em Vila Brasil. E cuja cachacinha, temperada com ervas, "abria o bico de qualquer passarinho", no dizer unânime de todos os que, a pretexto de comprar carne-seca, já haviam frequentado o animado alpendre da casinha modesta. Dona Catu sempre negou, mas eu, pessoalmente, estava convencida de que ela colocava um pouco da erva do santo-daime[12] entre as demais plantas que compunham sua famosa mistura. As pessoas que tomavam a bebida iam relaxando aos poucos, ficavam afáveis, cantavam e falavam, às vezes sobre assuntos que conheciam, às vezes sobre coisas que somente imaginavam.

Laura me disse que dona Catu viria ao Oiapoque visitar a mãe delas e eu resolvi ir junto, para conversar pessoalmente com a comerciante, pois a cobertura de telefonia celular não funcionava bem em Vila Brasil, pela inexistência de antena apropriada. Como o vilarejo estava dentro de um parque nacional e, por isso, não

12 Santo-daime é um culto afro-ameríndio surgido há quase nove décadas no Estado do Acre, na região amazônica. Entre outras práticas, prega o consumo ritual do chá de uma planta neurotóxica (*Banisteriopsis Caapi*), conhecida popularmente como Ayahuasca ou santo-daime. Um dos efeitos da sua absorção seria o de reduzir inibições de fala e de comportamento.

deveria existir, a antena colocada lá era um modelo experimental, de baixo custo, que poderia ser desmontada sem maiores despesas para a empresa de telefonia, caso Vila Brasil tivesse que ser fechada ou transferida para outro lugar. A maior parte das comunicações era feita por rádio, que não oferece nenhuma privacidade aos usuários. Melhor ir conversar com dona Catu em Oiapoque.

Laura e eu chegamos à casa da mãe dela e de dona Catu, em Oiapoque, no meio da tarde. Dona Catu esperava-nos com uma bacia de pupunha, comprada fresquinha, na feira, naquela manhã mesmo e recém-cozida. A pupunha é um fruto delicioso, mas que viaja mal. Longe de sua mata nativa, porém, é difícil encontrá-lo. Quando se acha, já está fibroso e sem sabor. Comprado fresco nas feiras locais, é um excelente lanche da tarde que a família de dona Catu me ofereceu com café preto, forte, coado em saco de pano.

A casa da mãe de Catu e Laura, como tantas nas regiões quentes do Brasil, era circundada em quase toda sua extensão por um largo alpendre, onde, além da cobertura por telhas de barro, as árvores do jardim lançavam sombra, diminuindo o calor sufocante da tarde. Redes muito limpas, de tecido amaciado por anos de uso e de lavagens, estavam penduradas entre a parede da casa e os pilares de grossas toras de madeira que seguravam o alpendre.

O piso do alpendre, como o da casa, era de mosaico antigo e tinha sido recentemente lavado. Ainda estava úmido. Entre as redes, encostada na parede, havia uma mesinha, semiencoberta por uma modesta toalha de algodão rústico, de onde eram oferecidas as pupunhas e o café.

O pátio da casa da mãe de Catu e Laura era uma profusão de verdes e flores. A parte do quintal destinada a ser jardim exibia uma gama de arbustos floridos, em desordenada harmonia, onde se misturavam azáleas de cores variadas, arbustos de hortênsias, cravos vistosos, um tipo de lírio miúdo, branquíssimo e delicado, e um renque de luxuriantes bananeiras, quase obscenas. Nos degraus de cimento que levavam ao alpendre, a matriarca havia disposto sua coleção de velhos e novos vasos, de cerâmica, de xaxim, latas de leite em pó improvisadas em vasos e, culminando o conjunto, um velho balde meio descascado, cada um com um tipo de rosas, que cresciam conforme as estações. Algumas roseiras estavam podadas, outras, ainda em desalinho.

No final do jardim, ou no início do espaço que seria o quintal, havia uma torneira que se erguia em meio a um pequeno quadrilátero irregular de tijolos vermelhos, onde a mangueira e o velho regador estavam displicentemente largados. Na umidade que circundava os tijolos, copos-de-leite cresciam em profusão. Uma árvore, que não consegui identificar, abrigava, em seus galhos mais baixos, diversas orquídeas do mato. Um tonel cortado ao meio captava a água da chuva que escorresse do telhado. O restante do quintal era uma bela horta. De minha rede, consegui identificar couves, almeirão e tomates.

No fundo do alpendre, o cão e o gato da casa tinham também a rede deles, que compartilhavam amistosamente. Era uma rede comum, talvez bem mais velha e puída do que as outras, pendurada quase rente ao chão, assim o gordo vira-lata Pepê podia subir sem esforço. O gato pulava na rede com facilidade e ambos dividiam irmãmente o espaço. Peguei o gato no colo. O cão veio junto e aboletou-se em minha rede. A matriarca quis espantar os dois. Não deixei. E pedi a dona Catu que me contasse, por favor, do que soubesse em Vila Brasil sobre a madrinha, agora já corretamente identificada como Neide ou Neiti Maria dos Santos, e sobre Antônio Joaquim Silva.

Enquanto isso, eu me servia de pupunha e café.

Na rede que me ofereceram, tinha uma almofada, bordada em ponto de cruz, para eu apoiar a cabeça. E fiquei ouvindo.

- Seu Antonho - começou dona Catu - também tinha sumido de Vila Brasil.

- Como?

- Sumiu. Uma bela manhã ele não estava mais lá e nunca mais voltou. Levou algumas roupas, as mais novas, um pouco de tralha de cozinha, outra tralha de pesca, a arma – uma espingarda de caçar passarinho, na verdade – e sumiu. Levou munição para a arma também. Pelo menos, foi o que me disseram. A gente achava que ele tinha ido pro mato numa caçada mais longa. Tem gente que ainda pensa assim. Outras acham que seu Antonho fugiu de alguém.

- E Zifá?

- Que Zifá?

- Ué, não tem uma pessoa chamada Zifá?

E acrescentei:

- Dendy me falou do *carbet* da Zifá.

- Ah - riu dona Catu -, Zifá é o nome da canoa do seu Antonho! Zifá era a primeira mulher dele, que morreu, e ele deu o nome dela pra voadeira, uma bela canoa de casco metálico, do melhor alumínio que há, leve e resistente, feito no Oiapoque. O motor é muito poderoso, contrabandeado pelos índios de Camopi, da Guiana Francesa. Motor alemão. Bom motor, em uma voadeira de casco de metal de primeira.

Dona Catu conhecia rios e canoas. E complementou:

- E tem carrinho, com rodinha, com mola amortecedora, para levar a canoa pela margem do rio, se for preciso. Aquela bichinha vale uma nota. Ele só usa pra pescar, pra levar peixe para Camopi ou fazer um recado ou outro entre Vila Brasil e Ilha Bela. Não é por capricho, é por necessidade mesmo, que o motor é forte e bebe muita gasolina.

Dona Catu refletiu um pouco:

- Pensando bem - disse ela -, o sumiço do Antonho, de mala e cuia e de voadeira, acho que foi dois dias antes do Cicatriz chegar furioso em Vila Brasil, roubado em todo seu ouro pela madrinha da Dendy.

- Faz sentido - disse eu.

- Acho que sumiram os dois juntos - acrescentou dona Catu.

- Seu Antonho e a madrinha fugidos na canoa voadeira Zifá?

- É. Vamos supor - raciocinava dona Catu - que a madrinha saía do garimpo com Dendy para levar a pequena para a Gendarmerie em Bélizon. Pra deixar ela com os franceses, pros franceses cuidarem dela. Só podia ir pelo Rio Approuague. Para navegar o Approuague, ela precisava de ajuda, porque é um rio difícil, de navegação muito longa. Isto, fora o tempo de sair do garimpo pelo igarapé até o Approuague. Mais de dias inteiros de rio, se a senhora for ver bem o tamanho da viagem.

- Então, seu Antonho foi ajudar a madrinha a levar Dendy até a Gendarmerie de Bélizon. Mas por que nenhum dos dois voltou?

- A madrinha é fácil explicar - disse dona Catu.

- Ao entregar Dendy para a Gendarmerie, ela correu o risco de chamar a atenção da polícia francesa para o garimpo delas?

- É.

- Bem...

- Criança de bucho, esperando neném, é chocante, ô dona cônsul! Isso chama a atenção da polícia, do juiz, do padre, do jornal, do pastor, dá notícia e reclamação. Acho que o senhor Bikk estava certo: se era para entregar a menina para a Gendarmerie, melhor a madrinha sumir depois. O garimpo iria, mais cedo ou mais tarde, cair nas mãos da polícia francesa. E madrinha iria levar um tiro bem antes disso. Porque é certo que uma criança de bucho acaba chamando a atenção de todo mundo. E a polícia vai e faz o que todo mundo espera: baixa no garimpo, prende garimpeiro, aproveita e destrói as máquinas todas, já que é tudo ilegal mesmo.

- É. A madrinha tentou o remédio aborteiro, não conseguiu. E não levou Dendy para nenhuma comadre aborteira, talvez para não chamar a atenção para a situação da menina no Oiapoque... e porque ela sabia que Dendy era fraquinha e tinha as doenças que a gente pega no mato e no garimpo. Podia morrer num aborto destes, na mão de comadre, em casa. E na dureza da vida no garimpo, sem socorro e sem atendimento, não ia longe com a gravidez. Morriam os dois, a mãe-criança e o neném. Mais cedo ou mais tarde, mas iam morrer os dois.

Dona Catu concluiu:

- Entregar Dendy para a polícia francesa e daí para um hospital em Caiena era a coisa mais certa a fazer para o bem de menina. Mas, a partir daí, era certo que os gendarmes iam levantar a história toda e descobrir a existência do garimpo. E com a prova do crime nas mãos, a Gendarmerie iria organizar uma busca e apreensão no garimpo da madrinha. Uma coisa puxa a outra.

- Seria fatal pra sobrevivência do garimpo - arrematou dona Catu. A madrinha escolheu o bem de Dendy, mas ferrou o garimpo. Tratou de fugir antes que o pessoal do garimpo entendesse isso. E, já que ia ter que fugir, aproveitou para levar ouro também. O ouro do Cicatriz...

Da minha parte, acrescentei o que me pareceu ser a causa do sumiço do seu Antonho:

- E o seu Antonho ajudou a madrinha a descer o Approuague, coisa que, dos conhecidos da madrinha em Vila Brasil, só ele era capaz de fazer, mas teve que sumir junto. Se não, ia sobrar para ele - concluí e todos concordaram.

Laura gostava de histórias com final feliz:

- Foi um ato de amor da madrinha - suspirou.

A matriarca permanecia em silêncio. Decerto, já havia visto de tudo sob o Sol escaldante do equador. Arrisquei perguntar a ela:

- O que a senhora acha dessa história toda?

- Sei não...

- A senhora não gosta de histórias?

- Gosto de histórias antigas, acontecidas e resolvidas - suspirou ela. Histórias novas me fazem medo...

Entendi. A mãe de dona Catu e de Laura sabia que a fuga da madrinha e de seu Antonho poderia terminar em carnificina. Que os garimpeiros prejudicados pela decisão da madrinha ainda estavam buscando vingança. Bikk também deveria querer pôr as mãos na madrinha e no seu Antonho, pois um atravessador de ouro, como bom chefe mafioso que é, precisa se posicionar, demonstrar claramente sua liderança e fazer valer sua autoridade, sob pena de perder o respeito da comunidade de garimpeiros.

Para que a matriarca ficasse mais à vontade, resolvi mudar de assunto. Eu queria saber se a madrinha tinha algum romance com o seu Antonho, um "cacho", como havia dito pajé Petalacinho. Mas isso poderia ser mais tarde.

Da minha rede, eu via um pedaço da rua e, lá no fundo da rua, um monumento:

- Que monumento é aquele?

- É o monumento do Laudo Suíço - alguém respondeu.

A matriarca emendou, dizendo que conhecia a história do Laudo Suíço.

- História das boas - disse-me -, das acontecidas e resolvidas há mais de cem anos.

A dona da casa ficou animada. Pedi que nos contasse a história do Laudo Suíço. Acho que a família já tinha ouvido o caso inúmeras vezes, mas, obedientemente, todos silenciaram e se colocaram em atenta escuta.

A matriarca explicou que os reis de Portugal e da França discutiram os limites na região que hoje é o Amapá desde "a antiguidade".

Eu sabia que era o século 17, mas não disse nada. O fato de ela conhecer – e gostar – da história do Laudo Suíço, de narrá-la com entusiasmo, bastava.

Os franceses, prosseguiu, achavam que o limite da Guiana deles era o Rio Araguari, um rio tão "lá em baixo", isto é, tão ao sul, que deságua no próprio Rio Amazonas. Pelas intenções do rei da França, assegurou-me a matriarca, o Amapá seria todo francês. Ela pensou um pouco. Parecia gostar da ideia. Ser brasileiro, hoje em dia, resultou muito sofrido. O povo francês, do outro lado do rio, parecia viver bem melhor. Podia ser uma ideia de lesa-pátria, mas seria em legítima defesa.

Antes que ela desenvolvesse o tema, perguntei-lhe se sabia qual era a posição do Brasil na briga pelo Amapá.

– O Brasil achava que a divisa era pelo Rio Oiapoque, só que ninguém sabia muito bem qual, no meio de tantos rios, era o Rio Oiapoque. Deu muita confusão – contou ela.

E deu mesmo. A história é longa e foi pontuada por guerras e invasões e aventuras mirabolantes. Em 1688, os franceses chegaram a ocupar Macapá, instalando-se no forte de São José de Macapá, mas foi por pouco tempo. Em seguida, os portugueses recuperaram o forte e o território do que é hoje o Amapá. Passaram-se décadas de negociações e de acordos, assinados e, na sequência, invalidados, até que, em 1807, o príncipe regente Dom João, já instalado no Rio de Janeiro, manda invadir Caiena.

– O príncipe tava com raiva, porque os franceses tinham invadido o reino dele, lá em Portugal – justificou a matriarca.

Ela se referia, acertadamente, à ocupação de Portugal pelos exércitos de Napoleão. Quando a família real chegou ao Brasil, o príncipe regente revidou invadindo a Guiana Francesa.

Foram oito anos de administração portuguesa em Caiena, até que, em 1815, Portugal concordou em devolver Caiena à França, desde que os franceses reconhecessem a localização do Rio Oiapoque. Os franceses reconheceram, mas, como "não morava muita gente por aqui", continuou a matriarca, e os mapas da época não eram muito bons, restaram algumas dúvidas. Foi o que bastou para que os franceses tentassem, aqui e ali, ir espichando o território deles.

- Bate, volta, vem, sai, uma confusão - explicou ela. Não se tinha paz - suspirou.

Em 1898, entra em cena do Barão de Rio Branco. "Um homem muito estudado", reconheceu a matriarca. Negocia daqui, discute dali e, finalmente, foi decidido que o presidente da Suíça iria ler os papéis e ouvir as explicações dos franceses e dos brasileiros. Depois, com calma, decidiria de vez a demanda, e ponto-final.

Pausa. Suspense. A matriarca já deveria ter contado a história mil vezes, mas a família sempre ficava com a respiração suspensa a cada anúncio da decisão dos suíços.

- Aí, então... - declarou solenemente a matriarca - o Brasil ganhou!

Aplaudimos. A dona da casa ficou feliz. Ela gostava mais da confiável história do Laudo Suíço do que das outras, cujos finais ninguém garantia que fossem vingar. Explicou, ainda, que os papéis brasileiros foram escritos pelo Barão, com o auxílio do Emílio Goeldi, que, depois, virou museu em Belém do Pará. Quem tinha escrito os papéis franceses ela não sabia. De todo modo, o Barão ganhou a demanda. Por isso, não vinha ao caso.

Quem defendeu a posição francesa foi Vidal de la Blache, um dos grandes geógrafos franceses e, certamente, um dos melhores do século 19. Dentre os vários livros que De la Blache usou, o principal foi *Voyages à travers les Guyanes et l'Amazonie*, do geógrafo e aventureiro Henri Coudreau, publicado em 1887, que o Barão também tinha lido e cujos pontos soube refutar. Além do livro de Coudreau, o Barão se baseou em três extraordinários relatórios produzidos por missões técnico-militares que haviam estudado a região. A do engenheiro Antonio Gonçalves Tocantins, de 1895, que deu origem à missão exploratória de Emílio Goeldi, e as dos engenheiros Filinto Braga Cavalcanti, em 1895 e 1896, e José Faustino Silva, em 1898 e 1899.

De la Blache fundou sua argumentação em pesquisas geográficas, procurando comprovar cientificamente a localização dos diversos rios, lagos e montanhas que cortavam a área em disputa. Contra o chamado geografismo de Vidal de la Blache, o Barão do Rio Branco apresentou a história – e a geografia humana – da ocupação da área contestada pelas pessoas, e provou que aqueles que lá viviam há gerações eram brasileiros. Vidal de la Blache estudou os acidentes geográficos. O Barão estudou as gentes, ou seja, as pessoas que viviam nos acidentes geográficos. Como o Barão conseguiu provar que as gentes eram brasileiras, ganhou a disputa.

- Grande Barão - disse eu.

- Mas o Barão não era gaúcho - disse ela, piscando um olho.

Para me provocar. Eu sou gaúcha.

- Ninguém é perfeito, dona - respondi, e acrescentei:

- O Barão, pra senhora ver, era colorado. Sei de fonte segura que ele torcia pelo Inter de Santa Maria.

Todos riram.

Estava escurecendo. Era tarde para voltar ao assunto do sumiço do seu Antonho. Agradeci as horas de convívio tão amigo que a família da matriarca tinha me oferecido. Agradeci o café e as pupunhas. Devolvi o gato e o cachorro à rede deles e pedi à matriarca que aceitasse uma lata de finos biscoitos franceses que eu havia trazido de Caiena. Despedimo-nos.

Fui para o hotel. Um irmão de dona Catu e de Laura me acompanhou. Passamos ao lado do monumento do Laudo Suíço, que lançava sua última sombra sobre a calçada, onde uma vendedora de tacacá começava a montar sua barraquinha.

- É o melhor tacacá da região - disse-me o irmão de Laura.

- Posso convidar você?

Primeiro, eu tinha comido pupunha com café e, agora, tacacá. Mais amazônico do que isso, pensei, só se eu comesse onça frita...

O irmão de Laura aceitou o convite para o tacacá, satisfeito.

Aos pés do monumento, dona Teresa, uma negra robusta, de cabelos muito brancos sob o lenço colorido dispunha, com lenta dignidade, os itens para o preparo do tacacá. Primeiro, a mesinha dobrável, sobre a qual abriu um pano de prato muito alvo, e foi arrumando as cuias e panelas com a goma, o jambu e o camarão seco. Duas garrafinhas de pimentas em conserva completavam o quadro. Devia ser mesmo uma vendedora afamada, pois várias outras pessoas foram chegando. Havia fila.

Enquanto o irmão de Laura e eu esperávamos, voltei ao assunto do sumiço da madrinha e do seu Antonho:

– Se a madrinha desceu mesmo o igarapé até o Approuague e do Approuague até Régina, para colocar a menina na estrada, na direção da barreira da polícia, é porque tem muita coragem. Inclusive, com o seu Antonho de piloteiro, eles têm é muita coragem – comentei com o irmão de Laura.

– Rio difícil – concordou ele, que também era pescador nas horas vagas. Mais de quatrocentos quilômetros de descida, com corredeira, pedra, árvore arrancada, e só mato e mais mato dos dois lados. Tirando a cidade de Régina, não têm mais outros pontos de apoio na beirada daquele rio. Sem praia, sem nada. Lama e mato. Nada mais. Gasolina, tem que trazer a reserva na voadeira. Qualquer outro problema ali, ou resolve e segue, ou fica pra sempre. Coragem a deles.

– Uns três, quatro dias de rio?

– Isso, mais ou menos, dependendo de onde a canoa deles saiu do igarapé e entrou no Approuague, para começar a descida do rio até a cidade. A cidade de Régina é por onde passa a estrada que tem o posto de polícia francesa onde acharam Dendy, pelo que a senhora falou. Uns cinco dias ou mais, com sorte. Um bom piloteiro, como seu Antonho, talvez sim. Se tivesse que subir contra a correnteza, ia mais que isso.

Régina é uma pequena cidade nas margens do Rio Approuague, que fica a meio caminho entre a região do Inini e o mar. De Régina é possível acessar a rodovia que segue para Caiena, e que fica razoavelmente perto da barreira de Bélizon, onde Dendy fora encontrada. Era o lugar mais provável onde seu Antonho e a madrinha teriam chegado com a menina para colocá-la no rumo dos policiais, a fim de ela ser encontrada.

– Mas seu Antonho é bom piloto – concordei.

– Dos melhores.

Disparei minhas perguntas centrais:

– Você acha que a madrinha e seu Antonho tinham um "cacho"?

– É bem possível. Sumiram ao mesmo tempo, não é?

– Pra onde você acha que foram eles dois?

– Não sei. Devem estar escondidos no mato até hoje. Voltar para o garimpo, não voltaram. Por aqui não estão. Não tem como sair daqui pra Macapá sem passar por Oiapoque. Se é que ainda não pegaram eles de jeito por aí. Tem vários garimpos perto do Approuague. Basta o atravessador ou os caras que se acham roubados – não pronunciou o nome de Bikk nem o de Cicatriz – passar um rádio pros outros garimpos e os seguranças saem para fazer o serviço. Com acampamentos de garimpeiros espalhados pela floresta nas duas margens do rio, o Approuague pode se transformar no corredor da morte.

– E a Légion Étrangère? Não poderia fazer nada?

A Legião Estrangeira Francesa patrulha a região de fronteira com o Brasil para coibir o garimpo clandestino e outros delitos de contrabando. O quartel da Legião fica na margem francesa do Rio Oiapoque e dispõe de barcos e de ancoradouros próprios diretamente nas águas no rio, que os legionários também patrulham e intervêm, quando suspeitam de algo. Fugitivos, como a madrinha e o seu Antonho, têm que escapar não só dos garimpeiros, mas também da polícia e da Legião Estrangeira.

Há quem tenha reservas quanto à presença da Legião na região, pois considera-se que são Forças Armadas Regulares da França na fronteira viva com o Brasil. No entanto, a vigilância da Legião no Rio Oiapoque constitui o principal impedimento para a fronteira com a Guiana cair no domínio do narcotráfico. Graças à presença os legionários franceses é que essa região de fronteira não se transformava em mais uma rota do tráfico de cocaína para o Brasil.

Um bom piloto como o seu Antonho, nascido e criado entre rios e igarapés, podia escapar até da Legião.

– Se os pistoleiros não pegaram eles dois, acho que nem os legionários. Devem estar escondidos no mato.

– Escondidos vivos ou escondidos mortos? Algum palpite?

– Bem, aí já é outra história...

O irmão de Laura ainda tinha uma informação a acrescentar:

– Se fugiram com a voadeira Zifá, devem ter vendido ela por um bom dinheiro. Canoinha boa, aquela ali. Vale o que o seu Antonho pedir. Só não vai render o suficiente para comprar passagem de volta...

E acrescentou:

– ...ou tirar pistoleiro do rastro deles.

Certamente, madrinha e seu Antonho estavam com a cabeça a prêmio. Roubo de ouro dos colegas de garimpo é imperdoável. Entregar a localização, então, intolerável.

A hipótese da família de dona Catu, ela à frente, foi de que a Madrinha e Dendy fugiram do garimpo onde viviam, em algum igarapé próximo das últimas fraldas do Inini, encontraram seu Antonho na Zifá em algum lugar, acessaram o Approuague, e desceram até a cidade de Régina. Lá, venderam a canoa Zifá e alugaram carro ou moto para largar Dendy perto da barreira de Bélizon, mandando-a seguir na direção da barreira, enquanto eles dois voltavam a se esconder no mato, para não serem vistos.

Pajé Petalacinho, mais tarde, concordou com essa hipótese, principalmente tendo em conta o quão bom piloto era o seu Antonho. Ninguém sabia, porém, por onde andavam agora a madrinha e o seu Antonho. Nem sequer se estavam vivos.

Aos pés do Laudo Suíço, a fila dos compradores de tacacá finalmente andou. Quando chegou minha vez, pedi o meu com pouca goma. O irmão de Laura me acompanhou até o hotel.

Voltei para Caiena no dia seguinte. A vice-cônsul estava me esperando.

- A senhora não vai acreditar, mas acho que sei o que aconteceu com tal madrinha e o companheiro dela.

- Não me diga!

Não tive como esconder a satisfação.

A vice-cônsul era recém-chegada a Caiena e estava apenas começando a conhecer as rotinas locais. Mas, antes de ir visitar dona Catu, em Oiapoque, tive o cuidado de relatar toda a história de Dendy para ela e pedir-lhe que ficasse atenta a qualquer pista sobre o caso.

Mostrou-me dois formulários que tinha em mãos. Ambos para concessão de um documento consular chamado Autorização para Regresso ao Brasil, ou ARB.

A ARB é um documento que o Consulado emite para permitir o reingresso do cidadão brasileiro em território nacional, na hipótese que o cidadão esteja completamente desprovido de qualquer outro documento brasileiro. É o que os consulados fazem quando um brasileiro, por exemplo, é roubado de toda sua documentação, no exterior. Consegue-se tirar a segunda via do bilhete de passagem e o Consulado fornece uma ARB. Assim, o brasileiro pode embarcar de volta ao país. O documento, entretanto, não lhe permite viajar para terceiros países.

No aeroporto de chegada, a Polícia Federal recolhe a ARB, que perde o valor imediatamente. Serve somente para cruzar a fronteira, e por uma única vez. Cabe ao cidadão, a partir daí, buscar segunda via dos seus demais documentos.

A vice-cônsul me mostrou as datas. As duas ARBs tinham sido concedidas três dias depois do dia em que Dendy fora encontrada na barreira policial de Bélizon. Tinham sido emitidas, uma em favor de Neide Maria dos Santos e a outra em favor de Antônio Joaquim Silva. Ambos alegaram que trabalhavam informalmente, isto é, sem documentos, em Caiena, e que haviam decidido regressar ao Brasil.

Disseram ter perdido as carteiras de identidade, alegaram que precisavam muito embarcar, naquela mesma noite, no avião que ia de Caiena para Belém. Explicaram que havia apenas dois voos por semana e que eles não podiam perder o daquele dia. Doença na família, afirmaram, com um ar compungido. Mostraram um recibo da empresa aérea, informando que haviam comprado as passagens no sentido Caiena-Belém e que as mesmas seriam emitidas quando apresentassem documento de viagem brasileiro.

A história fazia sentido e era consistente com a maneira como vários brasileiros viviam na Guiana Francesa, ilegais, sem documentos, dependendo da ARB para voltar ao Brasil em caso de necessidade.

Não vendo maiores problemas na ocasião, a vice-cônsul emitiu então as duas ARBs, uma para a madrinha e outra para o seu Antonho, que, munidos dos documentos, conseguiram embarcar para Belém no final daquela mesma tarde. É bem verdade que, no Brasil, a polícia costuma perguntar o endereço do viajante que volta com ARB. A própria polícia reconheceu que, no caso da madrinha e do seu Antonho, em fuga de poderosos inimigos de garimpo, haveria altíssima possibilidade de o endereço ser falso.

Como era recomendado, entrei em contato com a Polícia Federal no aeroporto de Val de Cans, em Belém, que me confirmou ter, efetivamente, retido as ARBs da madrinha e do seu Antonho. Ambos haviam chegado a Belém pelo voo do dia em que receberam os documentos. Depois, ganharam as ruas da capital paraense para nunca mais serem vistos. Ou quase.

Eu não soubera imediatamente da concessão das autorizações, porque a vice-cônsul tinha total autonomia para concedê-las, justamente por serem documentos emergenciais. A vice-cônsul resolvia os casos de pedido e concessão de ARBs no balcão de atendimento mesmo, na hora.

Quando a madrinha e seu Antonho compareceram ao consulado, ninguém conhecia os detalhes da história de Dendy, que eu ainda estava começando a decifrar. Mais tarde, quando conseguimos juntar os pontos dessa complexa trama, eles já estavam longe.

Bélizon, onde Dendy fora deixada, fica a cerca de sessenta quilômetros de distância de Caiena. Caminhar essa distância em três dias, pelo mato, é quase impossível para alguém que não esteja habituado com a selva e o calor. As trilhas na floresta não são óbvias, até porque são pouco usadas. As populações se deslocam, principalmente, pelos rios.

Inicialmente, pouco se vê a trilha. Não há um caminho propriamente dito, aberto a machado e enxada, ou uma trilha de terra batida que se destaque da mata. É uma trilha bem mais precária, quase invisível para quem não é nativo da floresta, que quase não se distingue do mato que a cerca. É somente o olhar treinado do índio ou do caboclo que será capaz de distinguir, aqui, um cipó cortado, ali adiante, um arbusto ligeiramente deslocado para o lado, um trecho de mato rasteiro discretamente pisoteado e, acolá, algum galho quebrado ou um tronco oportunamente caído sobre o igarapé.

Onde há lama, o olhar acostumado do mateiro logo encontra uma sucessão, irregular e discreta, mas muito eficaz, de pequenas pedras estrategicamente colocadas pelas quais se pode cruzar o terreno molhado. É sutil, mas o homem da floresta não tem dificuldade em achar seu caminho e percorrê-lo com agilidade.

As trilhas na floresta entre Bélizon e Caiena são pontuadas por locais em que, às vezes, existe um discreto morador, que, mediante pequeno pagamento, tira uma moto ou um quadriciclo do esconderijo na mata e faz o transporte dos caminhantes por trechos onde a trilha está melhor e dá passagem para o veículo. Ganha-se algum tempo assim.

A região entre Caiena e Bélizon é cortada por vários pequenos rios e lagos que se comunicam e permitem que o caminhante, se achar um canoeiro que o transporte, possa avançar mais rapidamente pela água. Como as trilhas da floresta quase sempre passam perto de pequenos acampamentos de pescadores, é possível que, sabendo onde e a quem procurar, o viajante encontre um pescador disposto a levá-lo pelo dédalo de igarapés. Dessa forma, encurta-se o percurso e o caminhante tem várias horas de repouso.

Fora, então, perfeitamente possível que dois caboclos nascidos e criados naqueles matos, como a madrinha e seu Antonho, tivessem percorrido, mais ou menos, vinte quilômetros por dia, em três dias, de Bélizon à entrada de Caiena. Comer e beber não terá sido problema. As trilhas invisíveis da floresta sempre dão acesso à água, ainda que a pequenas nascentes ou riachos mínimos, de poucos centímetros de largura. O caminhante, se tiver um olhar atento, não passará sede e terá do que se desalterar no calor da Amazônia. A alimentação, no caso da madrinha e do seu Antonho, era fácil de intuir: banana e rapadura. Ambas calóricas, cheias de energia, baratas e fáceis de encontrar e de carregar. Às vezes, um peixe pescado ao entardecer, às margens de algum igarapé, talvez.

Sim, percorrer cerca de sessenta quilômetros em três dias de floresta, para a madrinha e seu Antonho, era perfeitamente possível. A fuga fora perfeita, porém, sem retorno. O garimpo estava terminado para eles. Jamais poderiam voltar, sob pena de Cicatriz ou o senhor Bikk, ou ambos, executarem a vingança à qual estava condenado o ladrão de ouro ou denuncista de garimpo.

Olhei atentamente as fotos dos dois nos formulários da ARB. A madrinha, que, de acordo com os papéis, havia recém-completado quarenta anos, era uma mulher muito mais envelhecida do que a idade que declarava. A foto mostrava os olhos miúdos e fundos, cercados de rugas, o nariz deformado – teria sofrido agressão física? Bofetada? Acidente? Ou, quem sabe, nascera assim, sem beleza, de rosto torto e sem viço? A madrinha havia prostituído Dendy, mas quem sabe não teria ela também sido uma prostituta na infância? Mulher pobre, sem estudos e sem futuro, marginal e sem quaisquer perspectivas, quantos abusos não teria ela também sofrido? A vida dura, na pobreza e nos garimpos, cobrava seu preço.

Seu Antonho não estava muito melhor. Caboclo ribeirinho, devia trabalhar de sol a sol desde criança, recebendo migalhas, engolindo em silêncio as agruras da vida, perdendo a juventude e a saúde na luta por mais um dia. A foto mostrava um homem surrado pela existência, com poucos dentes e fiapos de cabelo no rosto, manchado por alguma doença de pele.

Pequenas, as duas fotos do formulário continham, mais do que uma imagem, as histórias dos garimpos clandestinos brasileiros, que eu conhecia bem.

A inflexão, para a madrinha e para seu Antonho, fora a gravidez de Dendy. Por mais difícil que tivesse sido a vida, quando se depararam com a gravidez e os perigos que a menina passava a correr, escolheram preservar sua vida; fugir e entregar Dendy à polícia, oferecendo-lhe uma segunda oportunidade que eles, afinal, também se concederam. A descida do perigoso rio não era, enfim, mais arriscada do que cada momento de suas vidas.

Nunca consegui julgar a madrinha. Redimiu-se ao entregar Dendy para a polícia e aos médicos de Caiena? A miséria dos ribeirinhos é tão severa e a violência dos garimpos tão grande que eu quero crer que sim.

Tendo uma canoa de alumínio por pia e as corredeiras fervilhantes do Approuague por água lustral, os três tripulantes da grande aventura batizaram-se cristãos na arena dos leões. E, cada um a seu modo, renasceram.

Posso concordar com Laura, pensei. Tinha sido um ato de amor. Um ato de amor à Dendy, que fora entregue a quem melhor podia cuidar dela, e ato de amor, quiçá, dos dois pombinhos alquebrados, que iriam viver juntos o que lhes restava viver, escapando, quase milagrosamente, da imensa e irrefreada violência dos garimpos clandestinos do Brasil.

Se, ao menos, Dendy tivesse sobrevivido.

CAPÍTULO 11

Epílogo

A morte de Dendy me apanhou de surpresa. Por mais que eu tivesse recebido informações, dos médicos e da assistência social, sobre os grandes riscos da gravidez, por alguma razão, acreditava que ninguém mais morria de gravidez ou de parto neste mundo. Da trigésima semana de gestação em diante, parecia difícil interromper a gravidez, mas, enfim, eu confiava que os médicos iriam fazer algo.

A solução pela antecipação do parto, por uma cesariana, por exemplo, me parecia algo óbvio e fácil. Essa crença era produto das minhas boas intenções e, talvez, da minha ingenuidade, pois as enfermeiras e os médicos nunca deixaram de balançar negativamente a cabeça quando falavam da condição de saúde de Dendy.

Foi tudo muito rápido. Numa tarde, telefonaram do hospital dizendo que Dendy estava muito mal e indagando se eu queria chamar um padre ou pastor. Eu não estava no Consulado naquele momento, mas meu assistente, que anotou o recado, sabia da minha fé religiosa - não era segredo para ninguém, eu era uma das maiores entusiastas do Círio de Nazaré de Caiena - e pediu que o hospital chamasse o padre Zeca, um religioso brasileiro que trabalhava em Caiena junto à comunidade brasileira e rezava uma missa em português todos os domingos.

Naquela manhã, eu havia estado com Dendy. Não a levei para a pediatria porque ela havia passado mal a noite anterior e estava aguardando a marcação de exames e a visita do especialista. Achei que ela estava, realmente, com um aspecto doentio, toda inchada, sem forças, mas nunca imaginei que fosse morrer algumas horas mais tarde naquele mesmo dia. Fui embora do hospital sem desconfiar da morte que se anunciava na enfermaria.

Chamado ao hospital logo após ao meio-dia, padre Zeca batizou Dendy e, como ele próprio me confirmou mais tarde, também administrou o sacramento dos enfermos. Padre Zeca me contou, algum tempo depois, que, ao chegar ao hospital para batizar Dendy, já se sabia que o caso não tinha remissão. Era uma questão de horas. Ele administrou então, como disse, "as unções". Não me lembro se perguntei que unções eram aquelas. Pelo que entendi, porém, Dendy partiu espiritualmente em paz com o seu Criador.

O filho, que chegou a nascer com vida, era um menino, mirrado e enfermiço e, como me disse um dos médicos, "totalmente inviável". Mesmo assim, tinha nascido com vida e lutava com todas suas poucas forças na UTI infantil.

Lembro-me muito pouco daqueles últimos dias de Dendy. Os fatos se embaralham em minha memória. Sei, porém, que estive fora do Consulado durante quase toda aquela tarde. Participara de uma reunião e havia deixado o celular no modo avião, que acabei me esquecendo de mudar depois que a reunião acabou. Só fui lembrar de recolocar o aparelho no modo ativo quando entrei no carro, para regressar.

Voltava da reunião direto para casa, ao entardecer daquele dia, quando, pelo celular, o funcionário do plantão consular ligou e perguntou se eu estava dirigindo o carro. Disse que sim. Ele disse que ligava depois, que o assunto demandava um pouco de atenção, era melhor eu chegar em casa antes, estacionar com calma e falar depois. Cheguei em casa e liguei de volta. Foi ele quem me deu a notícia de que Dendy havia morrido algumas horas antes. Que sentia muito, acrescentou. Agradeci. Ele perguntou se eu ia ficar bem. Garanti que sim.

De repente, o vazio. Não havia mais nada que eu pudesse fazer. Nunca entendi muito bem as razões da morte de Dendy. O hospital estava pronto para me explicar, mas eu não quis aprofundar a questão nem inquirir os médicos. De nada me serviria saber como e por que morrem as crianças grávidas aos dez anos de idade.

O sepultamento de Dendy ocorreria às custas da Prefeitura de Caiena, como indigente, em espaço público no cemitério central. Ninguém me perguntou se eu queria acompanhar o caixão, e também não tentei saber.

Alguns dias depois, lembrei-me da roupinha de fada, com tiara e tudo, que havia dado de presente para Dendy em seu aniversário inventado. Ocorreu-me que ela talvez pudesse ser sepultada com aquela roupa, da qual gostara tanto, mas já era tarde. A prefeitura já havia recebido, formalmente, o corpo de Dendy para o enterro, que estava em custódia municipal na sala refrigerada do necrotério, de sorte que nada mais poderia ser feito. O caixão iria sair fechado, me restou supor que ela foi enterrada com a bata do hospital. Mas não perguntei.

Após alguns dias, recebemos o atestado de óbito francês e o certificado do sepultamento, com o número do lote e do túmulo correspondentes, caso alguém tivesse interesse. Mandei arquivar ambos. Em momento anterior eu havia emitido um passaporte para Dendy, a fim de justificar as despesas do hospital. Era um passaporte emergencial, do qual não constavam nem endereço nem filiação. Simplesmente "Dendy Silva" – Dendy, nome inventado pelo posto policial de Bélizon, e Silva, inventado por mim. Brasileira, menor de idade, constava no passaporte. E a foto com o rostinho miúdo e já inchado. O magro dossiê de Dendy foi para o arquivo.

No dia seguinte, o padre Zeca ligou de novo. A vida do filho de Dendy estava se esvaindo. As poucas forças fugiam-lhe rapidamente e o padre iria batizá-lo. Eu teria uma sugestão de nome? Como tinha sido Páscoa, sugeri que batizasse o menino de Pascoal.

Os franceses o registraram como Paschoal, com "ch", dando-lhe o sobrenome da mãe, Silva, que eu havia inventado. Paschoal Silva, a quem o padre Zeca batizou e, creio eu, também deu a última unção, morreu naquela mesma tarde, sem ter vivido sequer dois dias.

Foi sepultado em uma cova ao lado da mãe e, por alguma razão, o atestado de óbito e o certificado do sepultamento foram mandados, igualmente, para o Consulado. Eu os despachei para o maço[13] de Dendy, que jazia no fundo do arquivo.

A única pessoa que procurou por Dendy depois disso foi dona Nadália. Ela havia, diligentemente, continuado as buscas pela família da menina, no Curiaú e em Macapá. E em Calçoene, cidade do Amapá que fica entre Macapá e o Oiapoque. Nunca se sabe.

Finalmente, e por mero acaso, dona Nadália ouviu, na televisão, uma reportagem sobre um menino com deficiência visual, matriculado em uma escola pública de Macapá a quem, por ordem judicial, uma psicóloga do estado dava acompanhamento. O arranjo revelara-se muito positivo. O menino cego desenvolveu excelente capacidade cognitiva, aprendia rápido e fazia anotações perfeitas em braile. Era uma história positiva de superação. A escola estava muito contente e a psicóloga, também. O menino, seguro e desinibido, causava boa impressão. O caso havia tido destaque em um programa na televisão regional do Amapá.

Tão logo viu a reportagem, dona Nadália se lembrou de Dendy. Procurou a escola do menino, que se chamava Jurandir e, com o apoio da psicóloga, obteve com ele a história da família.

A mãe, contou o menino, se chamava Cinara, era solteira, e lutava contra a dependência química. Atualmente, tinha um emprego como costureira no serviço social da Prefeitura de Macapá, onde eram feitos uniformes para escolares carentes e jalecos para a Secretaria Municipal de Saúde. Além do emprego social, a mãe também ganhava um dinheirinho por fora fazendo pequenos consertos em roupas, no ateliê da própria prefeitura. O sobrenome da família era Teixeira, mas ele não soube informar quem era o pai.

Jurandir havia nascido perto da vila de Mocambo, na Área de Proteção Ambiental do Curiaú, mas a família havia saído de lá já há algum tempo e ele não se lembrava da cidadezinha de sua primeira infância.

– Só conheço Macapá – disse ele.

---

13 No Sistema do arquivo do Ministério das Relações Exteriores, "maço" é o conjunto de documentos referentes a um assunto ou, no caso do serviço consular, ao atendimento prestado a um cidadão.

– Também não sei por que mãínha saiu de lá com a gente – completou, sem dar maiores detalhes sobre a vida no Curiaú ou as razões para a migração para a capital.

De vez em quando, a mãe bebia, confessou Jurandir – Jubá de Jurandir e não de Juvenal, pensei, enquanto ele falava.

Os irmãos eram Mundinho, Caiaco, Fazinho, Nazinha, Didi e ele. Titá e Zébé tinham morrido há alguns anos.

Sobre os irmãos, começou explicando que a mãe tinha dado a Didi para a madrinha dela criar e que as duas tinham sumido e nunca mais voltado. Ele, aliás, não se lembrava de Didi, cujo nome real ele não sabia e de cuja "figura", como dizia, tinha uma lembrança muito vaga, até mesmo em razão de sua progressiva cegueira. Não sabia descrever a irmã. Só sabia que tinha existido por ouvir contar. Quando a família ainda morava no Curiaú, Didi tinha sido dada para uma mulher, que a mãe chamava de comadre. A mãe, explicou, tinha saudades de Didi, às vezes. Principalmente quando bebia. Aí, chorava.

Mundinho – na verdade, Raimundo – morava agora com um tio em Macapá, contou Jurandir. Estudava pela manhã e ajudava na limpeza do barzinho do tio à tarde. Caiaco, isto é, Carlos Alberto, morava com a irmã Nazaré, a Nazinha. Todos cuidavam da casa e, às vezes, os irmãos tinham que cuidar também da mãe, quando bebia. Quando não bebia, a mãe cuidava deles.

A família levava uma vida simples, em um pequeno barraco de tijolos sem reboco, na periferia de Macapá, e fazia planos para o futuro. A filha Nazinha estudava com as freiras e queria muito ser enfermeira. As freiras tinham prometido ajudar. A mãe só esperava que a filha achasse um bom rapaz, que botasse comida na mesa. Todo mundo dava força para Nazaré estudar para enfermeira. Ele, Jurandir, queria ser motorista de caminhão, mas, como tinha "isto" – e piscava os olhos já deformados pela doença –, estava estudando para ser outra coisa, não sabia o quê. Talvez, professor de matemática. Ele era bom em matemática. Fazia conta de cabeça, bem certinho.

Tudo narrado em uma única entrevista, em um jorro só, que dona Nadália deixou correr. Fez algumas perguntas, para confirmar as informações do menino Jurandir, que foram respondidas a contento. Ao final, ela tinha uma certeza:

- Achamos a família de Dendy - disse, exultante.

Não tive alternativa senão dar a notícia:

- Ela morreu na semana passada.

- Ah! - fez Nadália, e suspirou -, então descansou, coitadinha.

Senti que dona Nadália estava decepcionada. Foi tudo.

Ninguém mais procurou por Dendy. Não sei se dona Nadália contou à mãe da menina que a filha e o neto, Paschoal, que ela nem sabia que existia, tinham morrido em Caiena. Creio que não. Tampouco contou nada a Jurandir. Acho que não. Isto não é notícia que se dê a uma alcóolatra e a uma criança. Talvez, mais tarde.

Dona Nadália fez um relatório oficial sobre o caso, cuja cópia foi encaminhada ao Consulado-Geral em Caiena por intermédio da Adidância de Polícia Federal. Meu assistente traduziu o relatório para o francês, que encaminhei ao hospital, com uma carta de agradecimento pelo tratamento dispensado à Dendy e a Paschoal Silva, cidadãos brasileiros sob a jurisdição desta repartição consular. O hospital acusou recebimento.

Fiz um memorando interno alterando o sobrenome de Dendy e de Paschoal, do Silva, que eu havia inventado, para Teixeira, tal como contara o irmão Jurandir.

No dia seguinte, fui encontrar o comissário Latour para encerrar o caso. Nós nos reunimos já no quartel da Gendarmerie, a partir de cujos serviços seria dada continuidade ao inquérito. Os gendarmes haviam recolhido material genético de Dendy e do bebê Pascoal, mas sabiam – e eu também – que o caso tinha tudo para ficar sem solução. Não era possível encontrar - que dirá, testar - todos os garimpeiros clandestinos na Guiana Francesa. Quanto à madrinha, tudo o que se tinha era um endereço falso em Belém.

Mesmo com tão pouco para instruir as investigações, cumpri minha palavra, e levei ao comissário tudo o que sabia e de que dispunha sobre Dendy: a foto cinco por sete, tirada para que o Consulado pudesse emitir um passaporte para ela e documentá-la durante a hospitalização, o relato das conversas com dona Nadália, o sobrenome real da menina e o nome e endereço da mãe em Macapá. Também relatei as minhas conversas com Dendy, com pajé Petalacinho e com Lalat Bikk, assim como levei cópias das Autorizações para Regresso ao Brasil expedidas para a madrinha e seu Antonho e, finalmente, as declarações que ambos haviam dado à Polícia Federal na chegada a Belém do Pará, quando as ARBs foram recolhidas.

Latour anotou tudo, lavrou uma ata, que eu assinei. Quando ia saindo da sala do Comissário, lá estava o jornalista Xavier.

Xavier Ménéaux. De novo.

O jornalista sorriu quando me viu. Depois, ficou sério e disparou:

- É uma história e tanto.

- Qual história?

- Essa. Da menina que a senhora ajudou. No hospital. Que se chamava Dendy...

Interrompi:

- Vamos parar por aqui, Xavier. O Consulado tem um protocolo de proteção da privacidade dos cidadãos brasileiros que recorrem ao nosso atendimento. Sem nomes. Nada de nomes. E eu não confirmo nem "desconfirmo".

Tentei ser delicada:

- Sinto muito, Xavier, longe de mim atrapalhar o trabalho da imprensa. Estou só aplicando nosso protocolo. Não é nada pessoal. Faça outra pergunta que eu respondo. Só que, esse caso aqui, em particular, não vai dar.

Xavier suspirou baixinho.

- Se você quiser - continuei -, pode perguntar para o Comissário Latour. O assunto é mais da polícia do que do Consulado.

Eu sabia, e Xavier também, que, enquanto o caso estivesse em aberto, a Gendarmerie nada iria revelar. E o caso ia ficar em aberto por muito tempo.

Xavier não perdeu a bonomia. Fez outras perguntas, sobre outros casos, de outros brasileiros, já de conhecimento público, mas lhe dei os detalhes que ainda não haviam sido publicados na imprensa. Perguntou sobre a política fiscal brasileira para compras na Guiana Francesa, sobre os voos entre Caiena e Belém, sobre política ambiental brasileira na calha do Rio Oiapoque e sobre as relações entre Brasil e França, e fui respondendo. Repliquei sobre assuntos que nem diziam respeito às relações consulares, como recentes tratativas feitas entre Brasília e Paris na área econômica, cujos detalhes eu pouco conhecia. Mas conhecia os termos gerais, e acabei respondendo. Não queria frustrar o jornalista e, ao abordar outros assuntos, fui afastando da nossa conversa o caso de Dendy tanto quanto me pareceu possível.

Ao final, ele pareceu satisfeito com as informações que eu lhe passara. Afinal, poucas vezes havia feito uma entrevista tão longa comigo, e sobre tantos temas. Parecia mesmo bastante satisfeito. Despedimo-nos.

Nosso encontro tinha sido no saguão principal do Quartel da Gendarmerie. Xavier estava entrando no prédio, na direção dos elevadores, e eu estava saindo na direção oposta. Quando nos separamos, cada um foi para o seu lado. Antes que eu deixasse o edifício, porém, ele parou e jogou a última cartada, lançando, por cima do ombro:

– A periquitamboia, senhora cônsul. A cobrinha de pano da enfermaria das crianças, a senhora sabe...

– Não entendi.

– Foi incinerada.

– Que história de cobra é esta, Xavier?

– A periquitamboia de brinquedo, que Den..., quer dizer, a menina, gostava – respondeu Xavier, sem hesitar. E prosseguiu:

– O bichinho de pelúcia de estimação dela. Foi incinerado. Aliás, todos os brinquedos da pediatria foram incinerados. A menina, ela tinha um vírus complicado. Entre outras coisas, é claro. Mas o vírus tinha lá seu risco, muitas outras crianças da pediatria têm imunidade baixa e o hospital incinerou todos os brinquedos. Inclusive a periquitamboia.

Xavier sabia quase tudo. Como o conseguira, não sei. Tinha descoberto a história inteira de Dendy, mas desconhecia que o bebê havia nascido com vida. Antes que eu recuperasse o fio de meu pensamento, ele completou:

– Dendiara Silva, depois, Dendiara Teixeira, a Dendy, era o apelido. A menina a quem todos chamavam Dendy. E depois tinha a dona Nadália Maria Cunha, de Macapá, que descobriu a família de Dendy. Tinha Dona Neide Maria dos Santos, aliás, a madrinha, a dona do bordel no meio do mato. E o pescador e catraieiro Antonio Joaquim Silva, que também sumiu.

– Isto é tudo o que você tem?

Tentei disfarçar.

Eu estava surpresa como a história tinha vazado para Xavier, e com essa abundância de detalhes. Mas, além de não querer confirmar o que ele disse, precisava saber mais sobre o que ele sabia. Insisti:

– Isto é tudo o que você sabe?

Provoquei, tentando identificar a origem do vazamento da informação.

– Isto não é toda a história?

Contestou ele.

Eu não ia contar mais nada. Não que ele precisasse de mais detalhes. Eu, porém, iria manter os limites da privacidade a que todos brasileiros assistidos pelo Consulado têm direito. Desconversei, com frases soltas:

– Tem o coração da floresta. Têm as pessoas estragadas pelo ouro. Têm o medo e a violência. A pobreza. Têm as pessoas que tentam sobreviver. E as que tentam reescrever a própria história.

Nascido na sólida classe média francesa, no Departamento Ultramarino de Guadalupe, com anos de estudo no sul da França e com pautas orientadas pelo interesse do leitor francês a partir de Paris, era óbvio que Xavier tinha outro foco para a reportagem que estava preparando. Qual seria?

Resolvi arriscar:

– Ok, Xavier, você tem direito a uma pergunta. Uma só. Vá lá.

Ele não se fez de rogado:

– A senhora acha que houve erro médico no caso de Dendy?

Então era isto. A pauta de Xavier era erro médico.

– Por que haveria erro médico?

– Os médicos daqui poderiam, eu acho até que deveriam tê-la mandado para um hospital especializado na França. É o que se faz quando há um caso mais grave do que a capacidade técnica do corpo médico, ou os recursos de cirurgia instalados na Guiana Francesa não são suficientes…

Não houve erro médico, disto eu tinha certeza. Os anos que passei em Caiena me fizeram ter muita confiança nos serviços médicos da Guiana Francesa. No caso de Dendy, eles haviam tentado tudo, inclusive a transferência para a França metropolitana. Expliquei para Xavier que o hospital havia, sim, considerado a hipótese de remover a menina para Bordeaux, onde havia uma clínica especializada para fazer "o procedimento", disse um dos médicos. Não sei o que seria o procedimento. A tal clínica era em Bordeaux ou outra cidade, não me lembrava mais. Foi requisitado orçamento para a passagem de avião. Eu expedi um passaporte para Dendy. Mas, finalmente, o estado geral dela impediu a viagem.

Doutor Kurten chamara uma junta médica e a opinião geral fora a de não tentar a remoção da paciente. O risco seria menor. Eu não assisti à reunião da junta médica, mas Madame Vih me disse que a ficha com o histórico de saúde de Dendy "surpreendera negativamente" os médicos franceses, que só conheciam a gravidez infantil de referências na literatura especializada. O caso de Dendy já havia surpreendido negativamente o próprio doutor Kurten, quando a garota baixou no hospital.

- Não foi só a situação em si - disse eu a Xavier, evitando a palavra "gravidez".

- Ninguém mais morre de parto dentro de um hospital - asseverou Xavier, que sabia muito bem do que estávamos falando. Ela já estava lá há várias semanas, eles não viram a situação?

- Foi o conjunto de doenças que já minavam a saúde dela há algum tempo - concluí.

Talvez, desde antes mesmo de ela nascer, pensei com meus botões, mas não disse a Xavier.

- Às vezes, a gente vê a tempestade se aproximando - completei -, mas não se pode fazer nada. Só reforçar as defesas e esperar que a natureza seja clemente.

Xavier Ménéaux conhecia bem furacões de seu Caribe natal e eu tinha a expectativa que ele compreendesse a metáfora das tempestades inescapáveis. Não sei se ele entendeu. Mas, certamente, ele ainda não conhecia os garimpos brasileiros. Talvez ainda não conhecesse o Brasil. Balançou a cabeça decepcionado e fez menção de seguir seu caminho.

- Último conselho - disse a Xavier, à guisa de despedida: aproveite que você está aqui em Caiena e visite um garimpo clandestino. Ou vários. A Gendarmerie leva você. Ou, se você quiser ir mais fundo no assunto, faça uma reportagem sobre um tal de Lalat Bikk, do Oiapoque, por exemplo.

- Último conselho para a senhora também, *Madame la Consule* - retorquiu ele, que já estava sorrindo outra vez: consulte alguém lá do hospital e peça um exame de sangue. Minha pauta é erro médico, mas nunca se sabe...

Tinha razão. Xavier pesquisava intensamente os temas de suas pautas, todavia, não parava por aí. Via além. Pensei na periquitamboia, que o hospital julgou por bem incinerar. No dia seguinte, falei com Madame Vih, que me recomendou ao setor de consultas externas do sistema hospitalar, onde o médico já estava esperando. Fez algumas perguntas, viu os sinais vitais e requisitou um exame de sangue, coletado lá mesmo. Uns dias depois, Madame Vih telefonou pessoalmente para me dizer que estava tudo bem. Achei uma deferência da parte dela. O hospital nada cobrou.

Xavier nada publicou sobre erro médico que, na minha opinião, não existiu, nem sobre Dendy, a respeito de quem eu nada confirmei. Xavier publicaria, sim, mais tarde, uma série de reportagens sobre as mudanças no clima, intitulada "Ces fleuves qu'on ne voit pas"[14], em que descrevia as correntes de umidade que se formam na Amazônia, percorrem quilômetros na atmosfera e se transformam em chuvas em lugares muito distantes da floresta. Os textos eram muito bonitos. Havia coração ali. Acho que até ganhou um prêmio.

Quanto a mim, voltei à rotina do Consulado. O comissário Latour me dera uma cópia do protocolo da investigação do caso de Dendy, que despachei para o arquivo consular. Fim.

Pelo menos, era o que eu pensava.

14 "Esses rios que a gente não vê".

CAPÍTULO 12

Nome, data, cruz e cal

Ela morreu, não é?

Eu me voltei rapidamente, surpreendida. Em minha frente, uma mulher baixinha, encorpada, com um capacete de moto levantado sobre a cabeça. A parte de baixo do capacete, que, em uso normal, deveria proteger o pescoço, agora encobria a boca e parte do nariz. A parte superior do capacete encobria o cabelo. Só os olhos eram visíveis. Uns olhinhos negros e miúdos, onde se liam tristeza e resignação. Havia um laivo, um breve resquício, uma suspeita de infundada esperança nos olhos dela, que me tocou desfazer:

- É. Ela morreu, sim.

Eu estava em Belém do Pará. Tinha saído do hotel para fazer uma caminhada, um pequeno passeio matinal, após o café, pela quadra do belo bairro arborizado onde se situava o hotel. Havia chovido durante a noite e o dia ainda estava fresco. As mangueiras de Belém estendiam-se por toda a rua, onde edifícios modernos se alteravam com os casarões seculares que restaram de riquezas passadas. Minha caminhada, naquela suave manhã, anunciava-se prazerosa e tranquila.

A madrinha, porém, estava me esperando, discreta e imóvel, na porta do hotel. A poucos passos dali, um homem, também de capacete, em uma moto e com motor ligado, esperava por ela.

Não era difícil me encontrar em Belém naquela ocasião, porque minha visita, chefiando a delegação brasileira que acompanhava uma viagem de senadores franceses pela região, havia sido noticiada em todos os jornais.

Algumas entrevistas com os senadores franceses foram feitas no saguão do próprio hotel onde estávamos todos hospedados, cujo nome também saiu nos jornais. A madrinha e o seu Antonho deviam ter acompanhado tudo pela imprensa.

Encontraram-me ali, no meio da calçada, em uma luminosa manhã de Belém, onde fizeram a tocaia perfeita, com a silenciosa eficácia e a infindável paciência dos bons caboclos mateiros. Os rostos da madrinha e do seu Antonho, recobertos pelos capacetes, e o motor da moto ligado, indicavam que a dupla estava pronta para desaparecer outra vez.

- Sim.

Eu disse que sim, que Dendy, tinha morrido.

A madrinha não perguntou pelo bebê, mas não precisava. O bebê era francês, nunca fora dela. Mas, talvez, com Dendy, a história não estivesse encerrada.

A mulher, diante de mim, tirou um pacotinho do bolso da bermuda jeans. Era um embrulhinho de papel tipo seda, branco, todo amassado. Dentro, um anel, em uma correntinha.

- A senhora me faz o favor de botar na covinha dela.

Era mais uma ordem, um testamento, do que um pedido.

- Pode deixar.

E peguei o embrulhinho.

A madrinha nem agradeceu. Girou sobre os calcanhares rapidamente e saltou para garupa da moto, que arrancou. Tive a impressão que a placa da moto estava suja, meio encoberta por salpicos grossos de barro ou de asfalto e não dava para ler a identificação. A madrinha e o seu Antonho sumiram no trânsito das ruas de Belém. Para nunca mais serem vistos.

O hotel tinha câmeras de segurança na porta e em pontos da fachada, mas os capacetes resultaram em um bom disfarce. Somente os olhos eram visíveis e, mesmo assim, à sombra da viseira. Não dava para ver de quem se tratava. A moto e sua placa ilegível, de qualquer forma, estavam fora do alcance da câmera. A tocaia perfeita. Achei que não valia a pena relatar nada à polícia.

Voltei para Caiena no dia seguinte, conforme previsto.

Depois da visita dos senadores franceses, minha rotina no Consulado recomeçou pesadamente. Muitos documentos empilhavam-se sobre a minha mesa. Alguns deles, desde antes da chegada dos parlamentares de Paris - e, então, com urgência -, precisavam ser lidos, outros, corrigidos e todos, assinados. Não era só concessão de passaportes e atestados. Aproximava-se o fim do ano e tínhamos também que fechar a prestação de contas. No giro dessas rotinas, passaram-se os dias, as semanas, até mais de um mês. Então, nas primeiras chuvas de outubro, eu me apercebi que tinha uma promessa a cumprir com a madrinha.

Marquei, comigo mesma, um sábado pela manhã para ir ao cemitério e colocar o tal anelzinho no túmulo de Dendy, cuja numeração apanhei, na véspera, no arquivo do atendimento prestado a ela pelo Consulado.

O cemitério de Caiena fica na entrada da cidade, para o lado de Rémire-Montjoly, onde eu morava. Pelas ruas próximas, e antes do portão da entrada principal, havia, naquela época, uma série de lojinhas que vendiam flores de plástico ou de metal colorido para os visitantes colocarem no túmulo dos entes queridos. Flores de plástico ou de metal, porque nenhuma flor natural aguenta mais de dois minutos sob o Sol de Caiena.

Junto com as flores, os comerciantes vendiam um produto que chamavam de "cimento branco", e que consistia em algumas gramas de um tipo de farelo, ligeiramente acinzentado, dentro de um saquinho plástico. Bastava completar o conteúdo do saquinho com água, fechar bem, agitar, e o pó grosso, em seguida, transformava-se em gel. Colocado o gel sobre o túmulo, nele podiam ser fixadas as flores, mesmo as de metal. O gel endurece em questão de minutos. Mais do que uma cola, era uma espécie de cimento instantâneo.

- Cada saquinho deste cimento rápido dá para grudar três flores, se forem de plástico, ou uma, se for de metal - me disse o vendedor.

Eu não pretendia comprar flor nenhuma, somente assentar o anel sobre o túmulo de Dendy, mas, no impulso, comprei duas flores de plástico. Uma para ela, outra para o bebê Paschoal. O cimento rápido, eu iria dividir por dois. Não sei por que, o vendedor me deu duas flores brancas, sem nada me perguntar. Não reclamei. Paguei e recebi as flores e o saquinho, já completado com a água necessária.

– A senhora vá agitando o saquinho, para misturar bem, sem parar, daqui da loja até o túmulo da pessoa – me disse. Se parar, o cimento endurece.

Certo. Entrei no cemitério carregando as flores e agitando o saquinho no ar. Não chamei a atenção de ninguém, porque era o que todo o mundo fazia. E, ademais, tinha pouca gente no cemitério. Todos os túmulos estavam enfeitados com as tais flores de plástico ou de metal que, bem implantadas com o cimento branco, permaneciam eretas e brilhantes, dando ao cemitério um ar feérico, quase festivo. As flores e o ar feérico, porém, perduraram enquanto eu passei pela parte rica do cemitério, que ficava na parte da frente, próxima à avenida.

Ao aproximar-me do setor dos indigentes, no fundo do cemitério, a decoração colorida começou a rarear. Alguns túmulos ainda tinham algum pequeno enfeite, ou uma foto com dizeres em uma lápide simples ou, muito modestamente, uma florzinha, amarrada com fio de nylon na cruz, à cabeceira da laje. Outras, nem isso. Só a campa, rasa, de cimento bruto, branca de cal, e a terra amarela tisnada de Sol.

Dendy estava sob uma campa dessas. O nome e o sobrenome dela, inventado pelo hospital e por mim, escrito em letras pretas de forma na laje branca, a cruz, por ser cristã como eu havia dito ao padre Zeca que ela era, e a data de nascimento, que eu, em conjunto com o doutor Kurten, havíamos inventado para ela. Nós achamos que ela teria de dez a doze anos. O doutor Kurten não sabia precisar e eu decidi colocar dez anos. Achei que facilitaria para descrevê-la, caso houvesse um inquérito policial. Mas não houve inquérito nenhum, e Dendy passou a existir em um mundo onde tudo sobre ela era ficção, exceto a morte.

A laje que cobria o túmulo já estava um pouco empoeirada. Nas próximas chuvas, pensei, essa poeira vai se transformar em leve camada de lama amarelada e a laje vai perder o viço do cal novo.

Paschoal repousava em um túmulo igual, ao lado. Indigente como a mãe, nome, data, cruz e cal. Em comum, apenas a terra laterizada, repisada pelos coveiros, crispada de Sol. Aquela terra, sim, era abundante e, apesar de parecer um deserto argiloso em volta dos túmulos, estava viva. Ao lado do cemitério, por sobre o muro, agigantavam-se as grandes árvores equatoriais, verdes, frondosas e fortes como a selva primordial que nutria e de que se nutria aquela terra.

Abri o saquinho e amassei algumas gramas do gel de cimento ainda úmido sobre a laje morna do túmulo de Dendy, fazendo um pequeno cone, no qual espetei a flor branca. Ao lado da flor, em mais umas gotas de gel, afundei boa parte do anel e a correntinha dourada. No meio da pequena massa de cimento cinza, ainda era possível ver um pedacinho do anel e alguns aros da correntinha, mas, acredito, seria muito difícil tentar tirar ou roubar qualquer um dos dois. O resto do gel e a outra flor foram para a laje do bebê Paschoal. Em cinco minutos, estava tudo feito.

Lembro de ter rezado uma curta oração pelos mortos, como havia aprendido com minha mãe quando minha avó faleceu.

Antes de sair, olhei, ainda mais uma vez, para o cemitério dos indigentes, batido pelo Sol e enquadrado pelo verde luzidio das árvores vizinhas, que irrompiam, inabaláveis e grandiosas, por cima do muro.

Unidos pela laterite amarela da Amazônia, tinha começado a eternidade para a pequena Dendiara e seu filho Paschoal.

Mapas da região

70°0'0"W
65°0'0"W
60°0'0"W
55°0'0"W
50°0'0"W
10°0'0"N
5°0'0"N
0°0'0"
5°0'0"S
10°0'0"S
Oceano Atlântico
N
S
E
W
Caracas
VENEZUELA
GUIANA
Georgetown
SURINAME
Paramaribo
GUIANA FRANCESA (FR)
Caiena
Oiapoque
COL.
Macapá
Belém
Manaus
BRASIL
BOL.
0 200 400 800 Km
Oceano Pacífico
Oceano Atlântico
Legenda
Fronteira Internacional
Unidades Administrativas
Capital Federal
Capital Regional/Estadual
Outros Núcleos Urbanos
Rodovias
Transguianense
Rios
FONTE:
Limites: Natural Earth
Escala: 1:10.000.0000
Centros Urbanos: Google Maps.
OpenStreetMaps (2014)
Rodovias: OpenStreetMaps (2014)
Rios: FAO.
Global Lakes and Wetlands
Escala: 1:3.000.000

GUIANA FRANCESA (FR)
Kourou
Caiena
Posto Policial de Belizón
Rio Approuague
St-Georges de-l'Oyapock
Oiapoque
Rio Oiapoque
Montanhas de Inini
Rio Cassiporé
Colçoene
AMAPÁ (BR)
Montanhas do Tumucumaque
Tartarugalzinho
Ferreira Gomes
Rio Araguari
Macapá
Oceano Atlântico
Vila Camopi
Ilha Bela
Vila Brasil
Rio Curiaú
0 50 100 200 Km
53°0'0"W
52°0'0"W
51°0'0"W
50°0'0"W
49°0'0"W
5°0'0"N
4°0'0"N
3°0'0"N
2°0'0"N
1°0'0"N
0°0'0"
Oceano Pacífico
Oceano Atlântico
Legenda
Fronteira Internacional
Capital Estadual/Departamental
Outros Núcleos Urbanos
Cidade Fronteiriça: Travessia por ponte
Vila
Povoado
Posto Policial
Transguianense pavimentada
Transguianense não pavimentada
Montanhas
Rios
FONTE:
Limites: Natural Earth
Escala: 1:10.000.000
Centros Urbanos: Google Maps. OpenStreetMaps (2014)
Rios: FAO.
Global Lakes and Wetlands
Escala: 1:3.000.000
Relevo: SRTM (2000)

UNIDADES DE CONSERVAÇÃO DO AMAPÁ (BR)
GUIANA FRANCESA (FR)
SURINAME
BRASIL
Amapá
Pará
Oiapoque
Macapá
Rio Oiapoque
Rio Cassiporé
Rio Araguari
Rio Jari
Parque Nacional do Cabo Orange
Oceano Atlântico
Floresta Estadual do Amapá (FLOTA)
Parque Nacional Montanhas do Tumucumaque
Reserva Biológica do Lago Piratuba
Floresta Nacional do Amapá (FLONA)
FLOTA
Área de Proteção Ambiental Curiaú
Reserva de Desenvolvimento Sustentável Rio Iratapuru
FLOTA
Reserva Extrativista Rio Cajari
Arquipélago do Marajó
0 45 90 180 Km
55°0'0"W
54°0'0"W
53°0'0"W
52°0'0"W
51°0'0"W
50°0'0"W
4°0'0"N
3°0'0"N
2°0'0"N
1°0'0"N
0°0'0"
1°0'0"S
Oceano Pacífico
Oceano Atlântico
Legenda
Capital Regional/Estadual
Outros Núcleos Urbanos
Fronteira Internacional
Unidades Administrativas
Uso Indireto (proteção integral)
Uso Direto (sustentável)
Transguianense
Rios
FONTE:
Limites: Natural Earth
Escala: 1:10.000.0000
Centros Urbanos: Google Maps.
Unidades de Conservação: RAISG
Rodovias: OpenStreetMaps (2014)
Rios: FAO. Escala: 1:3.000.000
Global Lakes and Wetlands

UNIDADES DE CONSERVAÇÃO DA GUIANA FRANCESA (FR)
PNRG
Sítio Natural Marais de Yiyi
Floresta das Areias Brancas de Mana
Oceano Atlântico
Quedas da enseada de Voltaire
Reserva Biológica Lucifer Dékou-Dékou
Rio Maroni
Rio Mana
Montanha Grand Maturi, Lago dos Americanos e Planície Bernard Creek
Caiena
Reserva Natural Kaw-Roura
PNRG
Reserva Natural Trinité
Parque Natural Regional da Guiana (PNRG)
Reserva Natural TRESOR
Reserva Natural Nouragues
PNAG
PNAG
Montes Abattis e Cottica
Rio Approuague
Oiapoque
GUIANA FRANCESA (FR)
SURINAME
Rio Oiapoque
Parque Nacional Amazônico da Guiana (PNAG)
PNAG
BRASIL
PNAG
Amapá
0 30 60 120 Km
Oceano Pacífico
Oceano Atlântico
Legenda
Capital Federal
Capital Regional/Estadual
Outros Núcleos Urbanos
Fronteira Internacional
Unidades Administrativas
Uso Indireto (proteção integral)
Uso Direto (sustentável)
Transguianense
Rios
FONTE:
Limites: Natural Earth
Escala: 1:10.000.0000
Centros Urbanos: Google Maps.
Unidades de Conservação: RAISG
Rodovias: OpenStreetMaps (2014)
Rios: FAO. Escala: 1:3.000.000
Global Lakes and Wetlands

Este livro foi impresso na Gráfica e Editora Formato,
a capa no papel Cartão Supremo 250g/m^2 e o miolo
no Polen Soft LD FSC 80g/m^2, no formato 14X21 cm.

Belo Horizonte, 2021